CUORCODE

Acacia Black

My Missing Piece

Il mio migliore amico. La mia parte migliore.
Noi due, fino alla luna

Volume Due

Traduzione di *Rachele Salerno*

CAIRO

Titolo originale
My Missing Piece

ISBN 978-88-309-0424-8
Prima edizione: settembre 2024

MY MISSING PIECE

Quando ti innamori della luna,
smetti di guardare le stelle.
E la mia luna era lei.

Natalina Casarano

Avvertenza

Ciao a tutti!

Grazie di aver scelto la mia storia.

Prima che iniziate a leggere, vorrei dirvi che *My Missing Piece* è esattamente come lo immaginavo. I miei due eroi sono imperfetti, testardi, umani, tormentati, e legati da un'attrazione irresistibile. Commetteranno degli errori, vi irriteranno, vi infastidiranno. Ma riderete con loro e, mi auguro, li amerete quanto li ho amati io. Nel corso della storia, sarete tentati di scegliere da che parte stare, per poi realizzare che alla fine entrambi hanno agito seguendo il cuore e le conseguenze dei loro traumi.

Il romanzo non è lineare, ho volutamente inserito alcuni capitoli flashback che vi permetteranno di scoprire a poco a poco il loro passato. Di ricostruire come si sono amati e come si sono fatti del male a vicenda.

Tuttavia, devo avvertirvi che vengono affrontati argomenti difficili, come la violenza domestica e quella sessuale (entrambe evocate nei ricordi), relazioni familiari complicate e tossiche, il bullismo scolastico, alcuni accenni alla dipendenza da droghe e alcol. Troverete anche linguaggio violento e scene di sesso molto esplicite che potrebbero disturbare i lettori più sensibili.

Se siete ancora qui, vi prometto che ci divertiremo. Oppure no.

Buona lettura!

Acacia

Playlist

La musica ha un ruolo importante nella mia vita, quindi ho voluto integrarla nel romanzo.

♪ Per una migliore esperienza di lettura, quando vedete la nota musicale accanto a un paragrafo, vi consiglio di leggere la scena con la canzone indicata all'inizio del capitolo in sottofondo.

La playlist è disponibile anche su Spotify con il nome *My Missing Piece, Playlist Officielle.*

Hedonist – Zandros

Half Light – BANNERS

Please – Omido, Ex Habit

Rescue – Lauren Daigle

Weightless – Adam French

I Guess I'm In Love – Clinton Kane

Watch me Burn – Michele Morrone

Blame's One Me – Alexander Stewart

Trauma – NF

Madness – Ruelle

Train Wreck – James Arthur

It's OK, Slowed – Safenokk

Love and War – Fleurie

1
Liam

Se avevo dei dubbi sulla capacità di Luna di portare rancore, da quattro giorni a questa parte sono spariti. Del resto, quella ragazza è la persona più cocciuta che abbia mai incontrato. Mi fucila con lo sguardo ogni volta che ci incrociamo. Da quando ha visto Sophy si rifiuta di parlarmi. Sono invisibile ai suoi occhi, un pezzo di merda sotto la sua suola rossa. Anche i miei messaggi rimangono senza risposta. Inutile dire che sono furioso. Mi irrita essere arrabbiato. E mi dà ancora più fastidio perché volevo giustificarmi. Volevo che mi insultasse, che fosse gelosa. Qualunque cosa. Avrei accettato un fremito di narici, un commento sarcastico. Tutto ma non l'indifferenza, perché non mi fa per niente felice vedere con chi passa il tempo.

Due giorni fa Mr. Porridge è andato a prenderla dopo le sessioni di registrazione, anche se mi aveva giurato di non volerlo più vedere. È chiaro che lo fa per provocarmi. Eppure continuo ad abboccare come un idiota. E come se non bastasse quell'idiota non si accontenta di aspettarla come un cucciolo ai piedi dell'edificio. No. Sale nel suo ufficio. Lo vedo passare da solo e uscire con lei, con un sorriso imbecille sulle labbra, orgoglioso di andare in giro con la donna più bella del mondo. Ieri sono stato a un passo dal bandire tutti i visitatori dal palazzo pur di non rivedere più la sua brutta faccia. Negli ultimi due giorni sto spazzando via tutto quello che incontro sul mio cammino.

Stasera sono venuto a verificare come procedono le registrazioni dell'album di Orchid, iniziate due settimane fa. E non è solo per vedere Luna. Non proprio. Orchid mi piace, fin dall'inizio mi sono ripromesso di restare coinvolto nella sua carriera. Il suo talento è sorprendente. Sconvolgente. Sono sicuro che la sua musica salverà molte persone. E pensare che rischiavo di farmela sfuggire per colpa del mio orgoglio.

Quando arrivo allo studio di registrazione, quattro piani più in alto, Orchid è già lì, accompagnata da Marley, l'ingegnere del suono e Maurice, il suo produttore. Luna arriva un minuto dopo. Un minuto di troppo. Lo stronzo che è in me si risveglia e l'irritazione che mi tormenta da due giorni raggiunge il suo apice di fronte alla sua audacia. A braccetto, Luna e Porridge camminano verso di me come due consanguinei, ridendo di gusto per qualcosa che lei ha appena detto. Quando mi vede, il sorriso di Luna non si affievolisce, anzi. Si illumina.

Mi piazzo davanti all'ingresso come una guardia giurata, così devono passarmi davanti per accedere allo studio. La scruto ignorando completamente il burattino che la accompagna. Camicia bianca, jeans neri attillati strappati sulle ginocchia, trench beige e scarpe da ginnastica. Meravigliosa come al solito. Mi accorgo subito di come lui la divora con gli occhi, come se fosse un buffet all you can eat. Immaginare le mani callose di lui sulla sua pelle delicata mi fa venire voglia di dare fuoco a tutto. Quando mi raggiungono, la larghezza delle mie spalle ferma la loro avanzata. Certo, potrei andarmene, ma ho deciso di fare il finto tonto.

«Sei in ritardo, Collins» dico, guardando l'orologio.

Gli occhi del suo cagnolino si posano sul mio orologio costoso o forse sul tatuaggio che ho sul polso. In ogni caso, non mi sfugge la contrazione nervosa del suo labbro superiore. Quando alza su di me i suoi occhi insipidi, mi attraversa una sensazione strana. *Malsana.*

«Di un minuto. E ora di un altro per colpa di questa inutile conversazione.»

Sostiene il mio sguardo. Mi piace quando è impertinente.

«Calvin Watt» si presenta lui, tendendomi la mano.

Qualcosa nella sua voce rafforza il mio disagio, come se avesse la lingua troppo pesante per la bocca.

«Liam Davis» rispondo, con gli occhi ancora fissi su Luna.

Alla fine, capisce che non la stringerò e la posa sulla schiena di lei.

«Orchid mi aspetta.»

Il piccolo demone cerca di entrare con il suo cagnolino.

«L'accesso è riservato al personale.»

Il mio sorriso la fa ribollire. Mi viene da ridere. Fantastico.

«Da quando?» risponde lei, guardandomi.

«Da quando mi costa ottocento dollari l'ora.»

Con le braccia incrociate sul petto, mi rivolgo finalmente al tizio di fronte a me, parlandogli apposta in tono molto informale.

«Pensi di poter fare a meno della mia direttrice artistica stasera?»

«La sto sequestrando da due giorni. Posso concederle una serata.»

Pessima scelta di parole, amico. Sembra davvero il tipo.

E così ha trascorso due giorni con lui. Ok, non avrebbe dovuto farmi così male. Il suo sorriso compiaciuto, con una sfumatura altamente psicopatica, mi manda fuori dai gangheri. Mi infilo le mani in tasca per non prenderlo a pugni. Poi si china per baciarla sulle labbra. Stringe le mani sui suoi fianchi mentre lei gli si aggrappa al collo. La sta letteralmente divorando. E io? Me ne sto lì come un burattino. Lei si lascia andare, per nulla infastidita dalla mia presenza, almeno all'apparenza. Il mio sorriso si allarga. Devo mordermi l'interno delle guance per trattenermi dal ridere. La performance di Luna è degna di un Razzie Award.

Bella vendetta, cuore mio.

«Ci vediamo più tardi, piccola. Chiamami a qualsiasi ora.»

Se alzo gli occhi ancora un po' rischio di lesionarmi il nervo ottico. *Piccola* annuisce e gli rivolge uno dei sorrisi che un tempo erano riservati a me. Se ne va tutto compiaciuto, mentre lei entra nella stanza. I nostri corpi si sfiorano e giuro che lo fa apposta. I suoi capelli sciolti mi solleticano il naso, lasciando dietro di sé un odore inebriante. Lo inalo come un tossicodipendente con la prima dose della giornata. E la cosa peggiore è che è altrettanto pericolosa. Ha un profumo dolce. Una miscela di fiori e frutti esotici. Luna saluta i presenti e si siede sulla poltrona accanto a

Marley, mentre io prendo posto sul divano. Riascoltano insieme il lavoro di ieri e poi lancia l'inizio della seduta.

Nella cabina di registrazione, Orchid inizia a intonare le prime note e cade un silenzio religioso. Il tempo si ferma, ci concentriamo su di lei. La sua voce si insinua dentro di noi e, come al solito, è devastante. La prima ora passa senza intoppi. Luna la guida, le offre buoni consigli. È bellissimo vederla fare quello che ama. Adoro vederla fiorire. E sono orgoglioso di poter assistere a tutto ciò, come avevamo sognato.

Durante la seconda ora il mio orgoglio si trasforma in rabbia. Luna è seduta accanto a me e mi fa venir voglia di ucciderla. Cellulare in mano, continua a inviare messaggi, e il suono delle sue unghie che picchiettano sullo schermo mi fa inorridire. Glielo strapperei dalle mani e lo scaglierei contro il muro, ma pare che sia socialmente inaccettabile.

«Potresti concentrarti e fare il lavoro per cui ti pago?»

Non mi prendo nemmeno la briga di nascondere l'irritazione. Questa donna ha il dono di spingermi al limite. Lo sguardo cupo che mi lancia non mi turba per niente, anzi, più lei è infastidita, più io sono felice. Le sue iridi grigie si scuriscono e mi affascinano. Così tanto che quasi dimentico perché mi sto comportando da stronzo quando dovrei strisciare ai suoi piedi e spiegarle tutto.

Pianta entrambi i piedi a terra, poi salta verso la console e preme il pulsante del microfono in modo che Orchid possa sentirla dalla cabina.

«Prova a fare il pre-ritornello solo con la voce. Le parole sono così potenti che per quei pochi secondi vorrei che il tempo si fermasse. Dobbiamo pendere dalle tue labbra. E poi continui con il pianoforte.»

«Così?» risponde Orchid.

Segue le istruzioni e il risultato è sbalorditivo. Il suggerimento di Luna è stato geniale come sempre.

I don't want to lose a part of me,
Without you there's a hole in my soul.

«Sì, perfetto» dice Luna. «È due volte più emozionante.»

«Hai ragione. Grazie, sei la migliore.»

Tornando verso di me, Luna si china e si appoggia alle mie cosce. I lunghi capelli le ricadono sulla spalla destra e ho voglia di spostarli e baciarla.

«Non osare mai più dubitare del mio lavoro» sibila tra i denti. «Un'altra cosa. Non c'entri niente qui, quindi vattene. Stai distraendo il mio processo creativo.»

La sua voce è tagliente. Ribolle di rabbia. Sorrido tra me. La desidero ancora di più. Sono masochista? Probabile. Sono pazzo di lei? Sappiamo tutti la risposta.

Dopo tre ore in studio, è l'ora della pausa. No, ancora non mi sono mosso, nonostante la gentilezza con cui me lo ha chiesto. L'ingegnere e il produttore escono a fumare una sigaretta, e io ne approfitto per raggiungere Orchid in cabina. Questa ragazza ha qualcosa che mi commuove. La sua sensibilità mi ripugna meno di quella degli altri esseri umani. Nutro il massimo rispetto per lei, anche se forse al momento non salta all'occhio. Mi rendo conto che mi sta parlando perché la vedo muovere le labbra, ma la mia attenzione è tutta per Luna. Dall'altra parte del vetro, sta parlando al telefono, camminando avanti e indietro. Si passa una mano fra i capelli, gesticola. È una cosa che ho sempre adorato. Luna è molto espressiva, e la facilità che ho nel leggerla le ha sempre dato fastidio. Tranne quando riuscivo a intuire che stava morendo di fame e le portavo qualcosa da mangiare prima che me lo chiedesse. Le ragazze e il cibo. Continuando a darmi le spalle, rallenta per sedersi sulla console. E quello che succede dopo mi causa una scossa elettrica in tutto il corpo. Orchid e io restiamo a guardarla, imbarazzati, ma anche curiosi. Sedendosi ha urtato il microfono, che si è attivato e ora ci permette di ascoltare la sua conversazione. Potrei dirglielo, dovrei, ma pendo dalle sue labbra. Soprattutto perché è chiaro che l'oggetto di questa conversazione sono io. E sentire il mio nome sulla sua bocca mi fa sempre palpitare il cuore.

Luna

♪ *Hedonist* - Zandros

Quando Liam entra in cabina per parlare con Orchid, ne approfitto per chiamare Camille. Ho bisogno di sfogarmi, di lamentarmi di lui. Risponde al primo squillo.

«Al tre» esordisce lei. «Uno, due...»

«Ucciderò Liam.»

«Voglio dare le dimissioni» dice lei contemporaneamente.

Scoppiamo a ridere e mi metto a camminare avanti e indietro per calmarmi. Sto ribollendo.

«Ti ascolto» dico.

«Non ce la faccio più a scrivere di stupidaggini. Penso di dover cambiare lavoro.»

«Hai tutto il mio appoggio, Cam. E non c'è problema se devo pagare l'affitto da sola per un po'.»

Sarà complicato, ma posso farcela, per il suo bene.

«Ti voglio bene, Lulù» sussurra. «Va bene, tocca a te. Cos'ha fatto stavolta?»

Mi siedo sulla console per far scendere la pressione.

«Respira.»

La mia migliore amica continua a scherzare a mie spese.

«Vedo che la storia di Sophy non ti è passata.»

«Non è quello» mento. «Non mi interessa che abbia passato quattro giorni a Miami con lei. Anche se mi farebbe molto piacere se gli trasmettesse una malattia venerea che lo renderà cieco e calvo. Stavo per invitarlo a salire. Ho fantasticato per tutto il concerto, continuavo a pensare a come il mio corpo reagisce al suo. E non hai idea di quanto è grosso il suo arnese. Ti giuro, potresti mettergli il guinzaglio e uscire a farci una passeggiata. E...»

Ho la malaugurata idea di girarmi.

No.

Ti prego. Tutto ma non questo.

Due paia di occhi mi fissano. L'espressione di Liam è indecifrabile. Orchid, per parte sua, sembra star facendo uno sforzo titanico per trattenersi dal ridere. Il mio cuore manca diversi battiti. Capisco subito. Senza nemmeno avvisare Camille, riattacco. A passo calmo e a testa alta, mi dirigo verso l'uscita. È solo quando la porta si chiude alle mie spalle che le mie gambe entrano in azione. Corro. Mi chiudo in bagno, morta di vergogna. Sferro un violento calcio alla porta, lanciando imprecazioni degne di uno scaricatore di porto. Dio, lo odio.

«Stai bene, Luna?»

Quando sento la vocina di Orchid sbuffo rilasciando l'aria dai polmoni. Non voglio parlare, ma non posso nemmeno mandarla via. Non ce l'ho con lei. È Davis il problema.

«Tutto bene» dico in tono piatto, emergendo dal mio nascondiglio.

«La tua conversazione era molto interessante, davvero.» Ridacchia. «No, voglio dire che non hai niente di cui vergognarti. Non mi interessano le tue storie. Dal modo in cui ti guarda Davis, immagino che stessi parlando di lui, giusto?»

«Come mi guarda?» chiedo, troppo in fretta.

«Lo sai.»

«No.»

«Come se tu fossi la sua unica ragione di vita.»

Le sue parole mi fanno esplodere il cuore.

«Per non parlare della tensione sessuale, è così evidente che diventa quasi imbarazzante.»

Da quando è diventata così sicura di sé? Pensavo che fosse timida. Con mio grande dolore, non si ferma qui.

«Secondo me puoi tornare dentro e assumerti la responsabilità delle tue parole. Se vuoi farlo, fallo. Come dicono ora i giovani? Yolo!»

«Hai diciannove anni.»

«Sì, ma frequento solo anziani.»

Orchid mi fa l'occhiolino. Quanti anni crede che io abbia?

«Pensavo fossi timida» confesso.

«Direi più introversa, è diverso. E comunque sono stanca morta. La mia voce non ne può più.»

Tossisce, fingendo di avere la voce a pezzi.

«Riprendiamo la prossima volta?»

«Abbiamo ancora il ritornello da registrare, ma se riesci a convincere il grande capo puoi andare.»

«Credimi, al momento non pensa ai soldi che rischia di perdere.»

Gira sui tacchi per allontanarsi, ma torna a fare capolino dalla porta per dirmi: «E mi raccomando, usate una protezione».

E scoppia a ridere, lasciandomi di stucco.

Cos'è successo? È tutto così surreale che mi chiedo se per caso non sono svenuta in bagno per la rabbia.

Sono sul punto di giocare a testa o croce per decidere se tornare di là. In corridoio, i miei passi sono così lenti che sembra che ci vorrà un anno per attraversarlo. L'unico modo di entrare in quella stanza senza che lui mi veda è rendermi invisibile. Se Jane Storm può farlo, perché io no?

♪ Apro lentamente la porta e cammino con gli occhi fissi sulla moquette. Metto la testa dentro e vedo la mia borsa sul divano. Liam non è lì, quindi la afferro in fretta. Ho già la mano sulla maniglia quando la sua voce mi coglie alla sprovvista. Reprimo un gridolino di sorpresa.

«Orchid e gli altri se ne sono andati.»

Faccio l'errore di girarmi. Liam avanza con calma, con le mani in tasca, e si siede sul bordo del mixer. L'espressione nei suoi occhi mi sconcerta. Fuoco. *Il mio fuoco*. Un fuoco che rischia di ridurmi in cenere se abbasso la guardia.

«Lo so. Buona serata.»

«Parliamo.»

Come spesso accade, non è una domanda. Con le caviglie incrociate davanti a sé, il suo fisico imponente risucchia tutta l'aria nella stanza. La camicia nera arrotolata sugli avambracci abbraccia i muscoli delle sue spalle massicce, i jeans neri strappati sulle ginocchia e gli stivaletti di pelle completano il look.

«Parlare? Mi prendi in giro?»

«Perché? Non è che non sapessi che hai voglia di me.»

Emetto uno sbuffo esasperato.

«Ok, me ne vado.»

«È un fatto, Luna. Sei ossessionata da me quanto io lo sono da te. Non è vantarsi. Siamo cresciuti insieme, non dimenticarlo. Conosco a memoria le reazioni del tuo corpo e le tue espressioni. Dire la verità non fa di me un arrogante. E il tuo numero di teatro con Calimero è stato ridicolo. Bacerei Matteo con più passione.»

Non rispondo. Sì, ho baciato Calvin per farlo ingelosire, non perché lo volessi.

È stata una cosa stupida e meschina, ma volevo punirlo per essere andato a letto con quella ragazza per un intero fine settimana quando anch'io avevo bisogno di lui. Come al solito, non sono la sua priorità.

«Non voglio discutere della mia relazione con te.»

«Molto bene. Parliamo delle tue altre bugie. Davvero non ti interessa che ero con Sophy a Miami?»

Comincia ad accorciare la distanza tra noi, stringendo gli occhi. La vena del suo collo è gonfia, come se si stesse trattenendo dal lanciarsi su di me. Le sue mani sono ancora infilate nelle tasche dei jeans, la sua aura è intimidatoria.

«Sì.»

Il mio pigolio gli strappa una risatina appena percettibile.

«Non avvicinarti» insisto, con una mano alzata.

«Perché?»

Liam continua, ignorando la mia richiesta. Se il suo viso è imperturbabile, le sue iridi sono devastate dalla rabbia e dal desiderio. E anche il mio desiderio si sta insinuando sempre più in profondità dentro di me, partendo dal basso ventre per intorpidire tutte le terminazioni nervose, fino al cranio. Pulsa, vibra. Gli basta guardarmi così per farmi sciogliere. Ma non ho intenzione di accettare la sua bugia. Soprattutto quando ho passato dei giorni terribili a chiedermi se avessero concluso la serata insieme. Dopo la sua sorpresa, immaginare lui che la toccava mi faceva venire la nausea. Ero così arrabbiata che ho di nuovo chiamato Calvin per distrarmi, anche se avevo deciso di non vederlo più.

«Non ti sopporto più, tu e la tua aria arrogante.»

Liam non si offende. Anzi, l'angolo delle sue labbra si piega in un ghigno beffardo.

«Perché sei convinta che mentre tu ti stavi riprendendo dal trauma dell'inseguimento io ero a fare sesso con Sophy?»

Continua ad avanzare. Faccio un passo indietro, ma lui cammina finché non mi mette all'angolo, contro la parete imbottita dello studio. Uno dei suoi palmi si ferma accanto alla mia testa.

«Non mi interessa, Liam. In quante lingue devo dirtelo?»

Le sue labbra carnose si avvicinano al mio orecchio.

«L'unica lingua che capisco è quella della verità. Provare per credere.»

Il suo respiro caldo mi sfiora, causandomi una deliziosa scossa elettrica in tutto il corpo.

«A me, per esempio, non piace vederti con lui» disse, con voce bassa, ma minacciosa. «E non voglio più vederlo qui, Luna.»

«Ti senti minacciato da lui?»

Le dita della sua mano libera mi afferrano la

mascella, costringendomi a girare la testa verso di lui.

«Mi dispiace per lui. Non vede che lo prendi in giro.»

«Vorrei strangolarti.»

«Ma non mi tiene sveglio la notte. Ora dillo.»

«No.»

«Ammetti che ti dà fastidio. Ammetti che pensi che io sia uno stronzo. Abbi il coraggio di dirmi che pensi che lei potrebbe essere più importante di te.»

Ho appena il tempo di sbattere le palpebre prima di ritrovarmelo addosso. Il suo corpo è potente. Caldo. I suoi occhi cercano nei miei una verità che già conosce.

«Ammettilo.»

«No.»

«Ammettilo, Luna.»

E allora esplodo.

«Te l'avevo chiesto al ristorante, Liam. Ti avevo chiesto se fossi stato con una ragazza e mi hai mentito. Ma immagino sia quello che sai fare meglio. Andartene e fregartene quando anch'io ho bisogno di te. Ecco, sei felice?»

«No.»

Il suo tono è uno schiaffo.

Cala il silenzio.

Un silenzio mortale, interrotto dai nostri respiri spezzati.

Poi Liam mi bacia con urgenza. Si impossessa delle mie labbra come se non desiderasse altro da anni. Le nostre lingue si uniscono come se fosse la cosa più facile del mondo. I nostri corpi si scontrano. I nostri cuori sono in attesa. Poi il ricordo di Sophy si insinua sotto le mie palpebre. Sopraffatta da quelle immagini, gli mordo il labbro. Lo spingo via e lo schiaffeggio così forte che la sua testa scatta di lato. Liam chiude gli occhi per un secondo, ingoia la rabbia, stringe i pugni. Quando li riapre, le sue pupille sono ridotte a fessure.

«Non verrò mai dopo di lei. Non. Toccarmi. Più.»

La sua mascella scolpita è serrata, pronta a esplodere. Il suo petto si solleva, consumato dalla rabbia. Liam si precipita verso di me, mi prende i capelli nel pugno e mi costringe a guardarlo, torreggiando su di me.

«È la prima e ultima volta che alzi le mani su di me» mi avverte, senza gridare. «La prossima volta sarà perché te l'ho chiesto io e mi stai cavalcando. Capito?»

Capisco che non è una minaccia, ma una promessa che è ansioso di mantenere. Non sussulto. A testa alta, lo guardo negli occhi, rimpiangendo il mio gesto. Come ho potuto farmi accecare così dalla rabbia e dalla gelosia? Come ho potuto spingermi fino a questo punto con lui?

Violenza fisica. Proprio con lui.

Soprattutto con lui. *Non farà mai parte della nostra relazione.* Ce l'eravamo promesso.

«Mi dispiace…»

«Non vado a letto con Sophy da un anno e mezzo» dice, ignorando le mie deboli scuse. «Sono andato a Miami perché dovevo. Odie e io dovevamo incontrare il suo terapeuta per capire se fosse pronta a lasciare la riabilitazione in anticipo. Ha tendenze violente e suicide, quindi sì, quando ha bisogno di me, cerco di non deluderla. Sapevo che Matt si sarebbe preso cura di te. E ti ricordo che ti sei rifiutata di rispondere ai miei messaggi. Quindi, per l'ultima volta, non l'ho toccata. E no, non verrà mai prima di te.»

Mi lascia andare. Rimaniamo un attimo in silenzio. Vorrei fargli un sacco di domande.

«Perché mi hai lasciato credere il contrario?»

«Quando? Te ne sei andata prima che ne potessimo parlare e poi mi hai ignorato per quattro giorni.»

«Quindi non sei andato a letto con lei dopo il concerto?»

«Che cosa? Sei incredibile, Luna. Per chi mi hai preso?»

«Per la persona che dici di essere. Uno a cui non importa nulla. Un giorno passiamo una bella serata e il giorno dopo litighiamo. Perché?»

Si passa le dita tra i capelli, quasi strappandoseli.

«Perché mi stai facendo impazzire, ok?» ruggisce. «Perché devo lottare costantemente tra la cosa che desidero di più al mondo e la promessa che ho fatto. Ora vattene.»

Una promessa?

Tutto il suo corpo vibra di rabbia. Il mio sta per cedere. Liam mi volta le spalle per andare verso la cabina, poi si ferma a metà strada quando sente che non mi sono ancora mossa. Sempre dandomi le spalle, dice: «Luna, esci di qui».

Si gira per darmi la possibilità di lasciare la stanza. Quando si rende conto che non andrò da nessuna parte, però, si avvicina lentamente a me, come una bestia maestosa che avanza verso la sua preda. I suoi occhi percorrono il mio corpo, come se valutasse quale parte divorare per prima. Il mio cuore non sopporta più questa crudele attesa.

«Per favore, Luna.»

Ora sono intrappolata tra lui e il muro, le sue braccia muscolose mi imprigionano.

«Dimmi di no.»

Il mio amore d'infanzia è in guerra con se stesso. Quanto a me, ho già perso la mia battaglia.

«Dimmi di no, Lu» ripete, mettendomi una mano attorno al collo, abbastanza stretta da dimostrarmi chi ha il controllo.

Il mio cuore batte contro le sue dita.

«Non posso» sussurro.

Una specie di basso ruggito risuona nel suo

petto. Le sue labbra seguono la curva della mia mascella e si fermano a pochi centimetri dal mio orecchio destro. Il cuore mi batte così forte che risuona tra le cosce. Se non mi tocca subito, morirò.

«Puoi ancora andartene, se vuoi.»

Nessuna parola può oltrepassare la barriera delle mie labbra, quindi scuoto la testa, perché la tensione che sento è insopportabile. Ho bisogno di sentire le sue mani sul mio corpo. Ho bisogno di sentirlo dentro di me.

«Parlami, Piccola Luna. Ho bisogno del tuo consenso per quello che sto per farti.»

Sussulto per la sorpresa. Ho le gambe molli. Devo aggrapparmi ai suoi bicipiti per non cadere a terra.

«Resto.»

«Bene. Perché intendo fartela pagare per questi maledetti anni di assenza.»

«Promesso?»

Sulle mie labbra appare un sorriso insolente che lui cancella impossessandosi della mia bocca. Non c'è niente di dolce in questo bacio. È violento, impaziente, demoniaco. Le nostre labbra si cercano, si desiderano. Lui mi morde, io lo succhio. Le nostre lingue si avvinghiano. Ci divoriamo a vicenda con una tale avidità che mi sembra che la Terra smetta di girare. Anzi, sono sicura che abbia smesso.

Un gemito rauco gli sfugge dal petto. La sua lingua arriva ovunque. Sulla bocca, sul collo, sulla clavicola. Il dolore che la sua barba infligge sulla mia pelle basterebbe a farmi esplodere.

Voglio che lasci il suo segno sul mio corpo. I nostri fianchi si avvicinano, inarco la schiena per sentirlo meglio mentre spinge il bacino contro il mio. Nonostante i jeans, sento la sua erezione sul mio stomaco e la sensazione di potere che provo è indescrivibile. Nel frattempo, continua a tenermi il collo e a baciarmi.

Poi mi solleva con una facilità sconcertante, mi mette le mani sotto il sedere per sostenermi e io gli avvolgo le gambe intorno alla vita. Senza mai interrompere il bacio, attraversa la stanza e mi posa sul tavolo. Mi spoglia in meno di dieci secondi e mi ritrovo nuda, esposta davanti a lui, sotto il suo sguardo affamato.

La sua lingua scivola tra la valle dei miei seni e si ferma sul capezzolo che mordicchia finché non emetto un grido a metà tra piacere e dolore.

«Mi ucciderai, Luna.»

Mi bacia di nuovo prima di prendermi tra le braccia e portarmi sul divano di pelle. Lì si sdraia sulla schiena.

«Siediti sulla mia faccia.»

Deglutisco, cercando di elaborare ciò che ha appena detto.

«Metti le gambe ai lati della mia faccia e scopami la bocca, Luna. Ora. Appoggia le mani sul muro.»

Obbedisco, e nel momento in cui mi abbasso sulla sua faccia, la sua lingua scivola dentro di me e mi sento volare. Liam mi divora come se fossi il suo ultimo pasto.

«Sì.»

Cerco di non urlare troppo, ma sono già vicina all'orgasmo. Tutte le mie terminazioni nervose sono in subbuglio. Affondo le unghie nel suo cuoio capelluto per muovermi meglio sulla sua bocca. Poi le sue labbra catturano il mio clitoride gonfio, lo succhiano forte e io non penso più a niente. Sono sensazione pura.

«Continua così. Proprio lì.»

La pressione diventa insopportabile e stringo le gambe attorno alla sua testa. Liam mi afferra il sedere per tenermi ferma e io abbasso lo sguardo per guardare l'uomo incredibile che sta per farmi venire così forte che potrei svenire. I nostri sguardi si incontrano. Il suo è infuocato. Ed è il piacere che vedo nei suoi occhi che mi fa superare il limite. Avvicino ancora di più la sua testa, mi si arricciano le dita dei piedi e lancio un urlo.

«Sì, sto per venire.»

Roteo gli occhi all'indietro ed esplodo nella sua bocca, per così tanto tempo che mi sembra di andare in fiamme. Devo appoggiarmi al muro per non crollare. L'orgasmo è violento. Ma è Liam, con lui tutto è più intenso. È la persona che sa mettere ordine nella mia testa. Che abbatte le mie barriere a una a una. Che calma le mie ansie e cura il mio cuore. *Il Fuoco della mia Terra.* Le lacrime mi bagnano le ciglia. È tutto così potente che mi lascio scivolare su di lui.

«Mi eri mancata, Luna.»

Poi mi bacia, permettendomi di sentire il mio sapore sulla sua lingua. Ma voglio di più. Mi piace essere tutta nuda sopra di lui, mentre è ancora vestito. Quindi mi sposto a terra per inginocchiarmi davanti a lui. Le sue iridi si illuminano mentre lo accarezzo attraverso i jeans.

«Non devi, Luna.»

«Ma voglio» rispondo, sicura.

Gli sbottono i jeans e l'erezione gli rimbalza sugli addominali. Mi concentro su di lui, sulla tenerezza che emana dai suoi occhi mentre mi guarda come se fossi la donna più bella del mondo. Lo stringo con le dita, prendendomi il tempo per esplorare ogni centimetro. Lo voglio. Per la prima volta da anni, voglio sentire un sesso in bocca e godermi ogni secondo.

Il suo. Sono pronta.

Liam si siede e mi mette due dita sotto il mento.

«Sei sicura, Piccola Luna?»

«Fammi vedere cosa ti piace.»

«Ti prometto che mi piacerà tutto quello che farai.»

Ho il cuore traboccante d'amore. Mi sento sicura, rispettata, amata. Lo prendo in bocca. All'inizio piano. Poi inizio a familiarizzare con i suoi gusti, a studiare il modo in cui le sue dita si intrecciano dolcemente tra i miei capelli. Liam mi guarda meravigliato, mentre la mia lingua gli regala sensazioni intense. E quello che segue mi fa venire le lacrime agli occhi. Di felicità, stavolta.

Adoro vederlo contorcersi dal piacere. Vedere la sua testa rovesciarsi all'indietro quando le mie labbra minacciano di farlo esplodere.

«Sei perfetta, cuore mio.»

La sua voce rauca fa tremare i muri. Lo ingoio fino in fondo alla gola prima di lasciarlo libero. Liam aspira l'aria tra i denti, completamente sopraffatto.

«Sì… così.»

I suoi gemiti virili riempiono la stanza e mi fa male tutto il corpo da quanto lo desidero.

«Guardami.»

Lo guardo. Il suo viso è teso, le palpebre pesanti. Lo succhio ancora. Aspiro, mordo. Seguo il mio istinto, faccio scivolare la mano in mezzo a noi per accarezzargli le palle, e Liam ruggisce.

«Cazzo, Luna.»

Si ritrae, allunga la mano per scostarmi le ciocche di capelli dal viso e afferra la base del suo pene per tracciare il contorno delle mie labbra e diffondere il desiderio che imperla il suo glande.

«Sto per venire, Luna.»

Ci capiamo con uno sguardo. Liam mi sta chiedendo se voglio andare fino in fondo e ingoiarlo. Ma non sono ancora pronta per questo, quindi faccio un passo indietro. E lui eiacula sul mio seno, ripetendo il mio nome come una dolce melodia.

Un'ondata di emozioni mi travolge. Vorrei piangere e ridere contemporaneamente. Poi Liam mi mette le mani sotto le ascelle per tirarmi in piedi. E mi bacia.

«Ti è piaciuto?» chiede, preoccupato. «Non sono stato troppo...»

Lo zittisco con un bacio.

«Ho bisogno di sentirti dentro di me.»

Sussulta quando posiziono la mia intimità sul suo pene ancora eretto. Mi sporgo per accarezzargli il mento, il collo e la clavicola. Le sue dita affondano nei miei fianchi.

All'improvviso il suo cellulare inizia a squillare.

«Devi rispondere?»

Scuote forte la testa, strappandomi una risatina.

«Niente e nessuno potrà farmi uscire di qui.»

Mi stende sulla schiena e si posiziona tra le mie gambe.

«Sei bellissima.»

Il suo sguardo mi incendia la pelle. I suoi occhi mi accarezzano le caviglie, risalgono sulle cosce, divorano il mio sesso e si illuminano soffermandosi sul mio seno. Si morde un labbro mentre fissa la mia bocca. Come fa a farmi sentire più nuda di quanto non sia già? Dovrei sentirmi vulnerabile, ma l'attrazione che leggo in lui mi fa sentire invincibile. Mi sembra di respirare soltanto quando il verde e il grigio dei nostri occhi si incontrano.

«Che cazzo!» borbotta, sottovoce. Il suo cellulare squilla di nuovo.

«Dovresti rispondere» sussurro.

Sospira deluso, appoggiando la fronte tra i miei seni. Dopo lunghi secondi senza il minimo movimento, con i pantaloni abbassati fin sotto le natiche, si allontana per rispondere e il vuoto mi fa contorcere le viscere. Da lontano mi giungono parole incomprensibili poi, dopo qualche secondo, sento un: «Porca puttana, arrivo». Mi lascio cadere sul divano e mi premo le mani sulla bocca per nascondere il mio gemito di frustrazione.

«Devo andare.»

«Tutto bene?»

Liam mi fissa senza vedermi, poi, a bassa voce, dice: «Sophy ha tentato il suicidio».

2

Luna

♪ *Half Light* - BANNERS

Ho lo stomaco in subbuglio per tutta la salita in ascensore fino all'attico. Non è paura, ma apprensione. Non so in che condizioni lo troverò, né come reagirà nel vedermi arrivare inaspettatamente.

Sono passati tre giorni da quando è corso via dallo studio di registrazione per andare da Sophy e sono tre giorni che non si presenta in ufficio. Ho provato a convincerlo a raccontarmi di lei, ma senza risultati. Era come se temesse la mia reazione. I nostri scambi di messaggi deviavano sempre sul lavoro, mi ha detto che partiremo per Seattle per incontrare Arcade, un ragazzo di talento che ho scoperto su SoundClound. Ovviamente non vedo l'ora, ma vorrei che Liam si confidasse con me.

È stato Matt a provare a spiegarmi: dopo essere stata autorizzata a lasciare l'istituto visti i suoi progressi, Sophy ha avuto una ricaduta durante la permanenza dalla madre a Chicago. Non fatico a immaginare i percorsi che hanno preso i pensieri di Liam, e i terribili ricordi contro cui deve combattere ogni giorno. Quindi, come ha fatto lui il mese scorso quando ho saputo della gravidanza di mia madre, ho intenzione di stargli vicina.

Quando le porte si aprono sul lungo corridoio che conduce al soggiorno, l'appartamento è immerso nella penombra. Solo le luci dei grattacieli di fronte illuminano la stanza. Sono quasi le otto di sera e regna il silenzio più totale. Appoggio una busta sul bancone della cucina e una voce gracchia dagli altoparlanti incastonati nelle pareti, facendomi venire un piccolo infarto.

«Può lasciare il bourbon in cucina, grazie.»

È la voce rauca di Liam. Mi giro per trovare la fonte del suono. Immagino che sia quella piccola scatola grigia vicino agli interruttori della cucina. Cos'è questa roba da ricchi? Premo uno dei pulsanti prima di parlare.

«Non ho alcolici, ma posso proporti dei panini al formaggio con patatine piccanti.»

Si sente uno strano rumore, come se avesse premuto un pulsante, e poi più niente. Aspetto. Il silenzio continua. Un minuto dopo sento i suoi passi avvicinarsi. In tre giorni gli è cresciuta la barba. Per non parlare del suo sguardo di ghiaccio che mi raggela. Certo, non mi aspettavo che mi gettasse le braccia al collo, ma nemmeno un Liam in pantaloncini grigi che lasciano intravedere il tatuaggio sul polpaccio e che mi fissa come se fossi un fantasma.

«Larry lascia entrare proprio tutti ormai.»

Ahia.

«So che non stai bene in questo momento, ma non c'è motivo di essere antipatico con me» rispondo, incrociando le braccia sul petto. «E poi nessuno può resistere al mio potere di persuasione.»

«Non è quello che intendevo» mormora nella barba.

Si passa una mano sulla chioma scura e si avvicina a me. È chiaro che non ha quasi chiuso occhio da quando ha avuto la notizia.

«Illuminami.»

«Il tuo nome non è sulla lista degli autorizzati» sussurra, «ma sono felice che tu sia riuscita a salire».

«In effetti messa così è molto meglio» ammetto. «Ora vai a cambiarti, devo farti vedere un posto. E prendi una coperta.»

♪ Portarlo qui è come aprirgli di nuovo una parte del mio cuore. L'ultima volta che ci sono stata era la sera del suo compleanno. Il destino si starà scompisciando dalle risate. Liam è sdraiato accanto a me sulla coperta, abbiamo ognuno un auricolare nell'orecchio. Le nostre spalle si sfiorano, i nostri mignoli sono intrecciati. Moriamo dalla voglia di aggrapparci l'uno all'altra, come facevamo prima. Non siamo più adolescenti, ma stasera mi sento come se avessi di nuovo quindici anni, con il cuore traboccante d'amore, sul punto di esplodere. Nonostante i drammi e il senso di colpa che ci circondano, mi chiedo se anche il suo cuore rischia di fermarsi ogni volta che siamo vicini.

Sopra di noi brillano la luna e le stelle. Non ci parliamo da quando siamo arrivati. Abbiamo divorato i nostri panini e, come al solito, Liam ha finito anche il mio. Sto aspettando. Lascio che sia lui a venire da me.

Quindici minuti dopo Liam si gira a guardarmi. Sembra più rilassato, i suoi occhi color smeraldo sono più chiari alla luce della luna.

«Stare qui… è un po' come il nostro albero o le tribune del campo da football.»

Annuisco, sorridendo. Sapevo che avrebbe capito il mio attaccamento a questo posto senza bisogno di spiegazioni. Sa cosa significa avere un luogo sicuro in cui poter andare per sfogarsi, urlare o piangere.

«Ti piace ancora tanto la luna?»

Colta alla sprovvista dalla domanda, rimango in silenzio per qualche secondo.

«Sì. Prima era un modo disperato per sentirmi legata a mia madre, ma poi ho continuato a guardarla pensando che forse anche tu...»

Chiudo la bocca. Quando mi mancava così tanto che non riuscivo a respirare, ero convinta che fosse perché anche lui si sentiva come me. E mi rivolgevo alla luna. Era tutto ciò che avevamo in comune. Come se potessimo comunicare attraverso quel satellite. La fissavo per ore, lasciando che i suoi poteri mi calmassero e alleviassero il mio dolore.

«Mi piace ancora tanto la luna» concludo, semplicemente.

«E a me piace ancora guardarla attraverso i tuoi occhi.»

Liam distoglie lo sguardo, come se la frase gli fosse sfuggita per sbaglio. La paura di parlare troppo non ha mai fatto parte della nostra relazione. Ci siamo sempre detti tutto. Oggi questa distanza mi pesa più del solito, quindi smetto di trattenermi.

«L'ultima volta che sono stata qui è stato dopo il colloquio, era il giorno del tuo compleanno. Mi chiedevo cosa stessi facendo, dove fossi, se aspettavi che ti chiamassi.»

Liam si toglie l'auricolare, emette un lungo sospiro e si gira di lato. Lo imito. Ora siamo faccia a faccia. In attesa delle parole che forse ci libereranno.

«Vuoi sentire una storia divertente?»

Annuisco.

«Ho cambiato il numero di telefono il giorno dopo il mio compleanno. Per tutti questi anni ho sperato che mi chiamassi. Non so se avrei risposto, ma nel profondo volevo che lo facessi. Quel giorno, cambiandolo, avevo deciso di voltare pagina. New York, l'etichetta, era un po' come un nuovo inizio.»

Il mio cuore manca un battito.

«Non era una storia molto divertente.»

«Lo so» sussurra.

Il nostro sorriso non si estende agli occhi. È troppo triste. Troppo malinconico. Troppi anni sprecati.

«Cos'hai fatto per il tuo compleanno?» non posso fare a meno di chiedere.

«Ero in aereo» dice, alzando le spalle. «Non mi piace molto festeggiare, anche se Matt e Andréa insistono sempre.»

Non gli chiedo il motivo. Charlie è scomparsa un mese dopo il suo compleanno.

«Raccontami della tua vita a Chicago dopo il liceo.»

Si forma una ruga tra le sue sopracciglia. La liscio con il polpastrello e gli sistemo una ciocca di capelli che gli è ricaduta davanti agli occhi. Liam sospira.

«L'adattamento è stato complicato. Ho fatto

un sacco di stupidaggini con Matteo, i suoi erano molto permissivi. Ora che ci penso, è una fortuna che ne siamo usciti vivi. La mia madrina ha fatto quello che poteva per rimettermi in carreggiata, le devo molto. Lei e Sophy erano tutto ciò che mi restava. Sapevo che lei era innamorata di me e ne ho approfittato. Non ne vado fiero. Soffrivamo entrambi, anche se per motivi diversi.»

La sua voce si spezza.

«Sai che puoi parlarmi di lei.»

Si rotola sulla schiena e si strofina il viso con la mano. Poi guarda il cielo e dice: «Vuoi la verità? Sono stato uno stronzo. Con te e anche con lei. Distruggo tutto quello che tocco, Luna. La sera del concerto le ho detto delle cose orribili. Sapevo che era instabile, ma l'ho provocata lo stesso».

Scuote la testa più volte, con aria infastidita.

«Ora sta meglio?»

«Sì, non ha preso abbastanza medicine per uccidersi. Ma appena chiudo gli occhi vedo...»

«Charlie.»

Lui annuisce. Quando finalmente si gira verso di me, noto che ha gli occhi pieni di lacrime.

«So cosa stai pensando. Sophy non è Charlie, me ne rendo conto. So anche che sta solo cercando di attirare la mia attenzione e punirmi. È una narcisista. Ma ciò non toglie che non riuscirò mai più a guardarmi allo specchio se la prima volta che non corro da lei è quella in cui le succede qualcosa di terribile.»

Il peso che porta sulle spalle mi spezza il cuore.

«Hai sempre avuto un cuore grande, Liam. Ma non lasciarti trascinare dalla sua malattia. Non puoi salvare tutti. Non puoi cambiare le persone o guarirle se non vogliono. Non lasciare che i suoi demoni ti divorino.»

Liam sospira, come se le mie parole fossero un sollievo. Non so chi fa il primo passo, ma le nostre mani si sfiorano e poi il suo pollice mi accarezza le nocche. Non c'è nulla di carnale in questo gesto. È dolce, gentile. Siamo io e lui.

«Domani torna a Miami. La parte più difficile è che Odie mi incolpa di quello che ha fatto. Mi ha accusato di non essere stato presente e di aver pensato soltanto a te, quando in realtà non ho fatto altro che vegliare su sua figlia da quando ho lasciato Chicago sette anni fa. Forse l'ho fatto in modo goffo, ma ci sono sempre stato. Ha sempre pensato che saremmo finiti insieme e quando le ho detto che non ero innamorato di Sophy, la delusione nei suoi occhi mi ha ferito più di quanto pensassi.»

«Stavate insieme?»

Oh, il mio cuoricino.

«Non sono mai stato innamorato di lei. Era solo sesso» chiarisce, fissandomi come per rassicurarmi.

Ma succede il contrario, perché una domanda mi brucia sulle labbra.

«Sophy è stata la prima con cui sei andato a letto?»

Liam abbassa lo sguardo in una conferma silenziosa. Anche se pensavo che avesse fatto sesso con Nausicaa quando uscivano insieme al liceo, mi aveva poi detto di non averla mai toccata. Voleva soltanto me. E io volevo solo lui. La vita ci ha tolto anche questo.

«Vuoi parlarmi della tua?»

Deglutisco.

«Avevo diciannove anni, ero al secondo anno di college. Si chiamava Asa, mi trattava come una regina, mi riempiva d'amore anche se sapeva che non avrei mai ricambiato. Il mio cuore era… malato. Infranto. Alla fine, sono andata a letto con lui perché, nonostante tutto, gli volevo bene. Ma il giorno dopo l'ho scaricato senza un motivo valido. Non sapevo come spiegargli una cosa che io stessa non capivo. So di averlo ferito, ed ero sul punto di commettere gli stessi errori con Calvin.»

Quello che non gli dico è che ho pianto per tutto il tempo. Quando Asa ha smesso perché pensava di farmi male, l'ho pregato di continuare. Volevo essere come le altre ragazze del campus. Libera, felice, con una vita sessuale appagante. Volevo partecipare alle conversazioni con le mie amiche. Avevo bisogno di sapere che il sesso poteva essere bello, gentile, rispettoso. Ho stupidamente creduto che Asa potesse «guarirmi», che mi sarebbe bastato provare piacere una volta sola perché tutto tornasse a posto nella mia mente e nel mio corpo. Ma mi sbagliavo di grosso. La settimana dopo fissai un appuntamento con la psicologa del campus. Il nostro lavoro insieme mi ha aiutata a esprimere a parole il mio trauma.

Nell'attesa di una risposta di Liam, il mio cuore accelera.

«Per principio vorrei fare fuori questo tizio, ma sono felice che la tua prima volta sia stata con qualcuno che ti amava.»

Avresti dovuto essere tu, penso, e credo che l'abbia capito anche se non l'ho detto ad alta voce, perché intreccia le dita alle mie e si avvicina la mano al petto.

«Raccontami cos'è successo dopo che me ne sono andato» sussurra.

«I primi giorni non riuscivo ad alzarmi dal letto. Mio padre non sapeva più cosa inventare per farmi stare meglio. Passavo il tempo a guardare le nostre serie preferite e ascoltare la nostra musica preferita. Cam e Travis si alternavano a dormire con me. Sono comunque riuscita a prendere il diploma. Io e gli altri abbiamo affittato un appartamento a New York e un giorno mi sono svegliata e ho scoperto che respiravo un po' meglio. Eri sempre qui» sussurro, mettendomi la mano sul cuore, «ma riuscivo a pensare a te senza volermelo strappare dal petto. Ho imparato a convivere con la decisione che ho preso, con il fatto che ti ho abbandonato quando avevi bisogno di me. Ci è voluto del tempo, ma ce l'ho fatta. E ho capito che senza il dolore che ho provato non sarei mai diventata chi sono oggi.»

E amo la donna che sono. Piena di ferite e di dubbi, ma incredibilmente forte.

I nostri occhi si riempiono di lacrime di rimpianto, ma non le lasciamo scorrere. Questa conversazione fa bene a entrambi, lo sento. Liam strofina il suo naso contro il mio e io mi riempio i polmoni di ossigeno.

«Grazie di essere venuta. Avevo davvero bisogno della mia migliore amica.»

«Mi fa piacere sentirtelo dire.»

La parola «amica» non mi fa male, in fondo era quello che eravamo all'inizio. Anche se il confine è sempre stato labile, questo ragazzo era il mio migliore amico. La mia metà. E lo rimarrà fino al mio ultimo respiro.

Il mio corpo trema sotto l'intensità del suo sguardo.

«Sento i tuoi pensieri» scherzo.

«Stupiscimi.»

«Ora stai pensando: "Come ho potuto odiare questa ragazza fantastica per così tanto tempo?"»

Riconosco il barlume di malizia che gli illumina le iridi.

«Ma ti odio ancora, Piccola Luna» sussurra, sfiorandomi lo zigomo.

«Anch'io ti odio, Limee. Con tutto il cuore.»

Sorride, e i suoi occhi mi accarezzano le labbra e il naso. Non risparmia nessun angolo del mio viso. Vorrei dirgli che è ancorato nella mia carne e per questo evito di aprire il cuore agli altri, perché so già che non saranno all'altezza. Che per sette anni, senza saperlo, ha tenuto la mia anima nel palmo delle sue mani. Invece il mio sguardo si perde nel suo e sembra che tra noi si stia svolgendo una conversazione silenziosa.

«Quando sei riuscito a voltare pagina?» chiedo alla fine, con voce rauca.

La sua espressione tenera è una risposta sufficiente.

«Quando ci riuscirò te lo farò sapere.»

Wow, il mio cuore.

«E tu? Un altro uomo è riuscito a prendere il mio posto nel tuo cuore?»

«Ti farò sapere quando succederà.»

Ma nel profondo so che quel giorno non arriverà mai.

Sarà Liam Davis o nessun altro.

3

Liam

♪ *PLEASE* - Omido, Ex Habit

Il tempismo del viaggio di lavoro a Seattle è perfetto. Ho deciso di approfittarne per spegnere il cervello e ricaricare le batterie, lontano dai drammi familiari.

Siamo atterrati alle sette di sera e siamo ciascuno nelle nostre rispettive suite le cui porte sono comunicanti. Luna non riusciva a credere al lusso di questo hotel. Tendo a non meravigliarmi più per questo genere di cose, ma vedere i suoi occhi brillare è uno spettacolo incredibile, di cui non mi stancherò mai.

Sdraiato a letto, non riesco a dormire. I pochi metri che ci separano aspettano solo di essere attraversati. All'arrivo ho finto di essere stanco e sono corso nella mia stanza per mettere subito una certa distanza tra noi. I miei pensieri su Luna stanno diventando sempre più confusi. Sì, la nostra conversazione sul tetto è stata un sollievo. Sì, gli anni trascorsi non hanno danneggiato il nostro legame. Sì, è il mio primo pensiero quando mi sveglio la mattina. D'altra parte, vorrei guardarla negli occhi e farle quelle maledette domande che mi tormentano da tempo. Perché ti sei comportata così sette anni fa? Perché mi hai fatto questo? Cosa avevo sbagliato? Perché non ero abbastanza per te? Ma a quel punto vado nel panico e lascio perdere. Ho così paura della sua risposta che resto paralizzato. Temo di riaprire le ferite che ho cercato di far rimarginare. E non sono sicuro che riuscirei a sopportarlo.

Rimugino a lungo, ma alla fine cedo. È inutile, voglio vederla.

Mi alzo dal letto e busso una volta alla porta per annunciare la mia presenza. Silenzio.

Toc. Toc.

Nessuna risposta. Abbasso la maniglia, ansioso e curioso di cosa troverò e… scoppio a ridere. Luna ha le cuffie nelle orecchie e prova a fare il moonwalk davanti all'enorme specchio della camera da letto. Divertito, ma anche ossessionato da lei, mi appoggio allo stipite della porta, incapace di distogliere lo sguardo. È stupenda. Pazza, ma bellissima.

Quando mi vede, ovviamente, sussulta e si porta una mano sul cuore.

«Lo sapevo che avevi qualche rotella fuori posto, ma riesci sempre a stupirmi» sghignazzo.

«Se vuoi finirmi, mettimi un cuscino sulla faccia, almeno fai più in fretta» si lagna, togliendosi una cuffia.

Ridacchio.

«Piccola Luna, ti hanno mai detto che sei esagerata?»

La mia domanda chiaramente retorica viene allontanata con un gesto della mano.

«Volevi parlare con me?»

Merda, è vero, sono qui come un idiota a sbavare su di lei.

«Che ne dici se guardiamo un film?»

Luna inclina leggermente la testa di lato e socchiude gli occhi.

«Pensavo fossi stanco.»

Lo fa apposta, il piccolo demone. La odio. Riesce sempre a smascherare le mie bugie. Tossisco e le faccio il dito medio, come quando eravamo piccoli. La risata con cui risponde mi scalda il cuore.

«Torna tra venti minuti, ho ordinato una pizza.»

Faccio una doccia e indosso una maglietta grigia e un paio di pantaloni della tuta. Quando entro nella sua stanza, per poco non mi soffoco con la saliva. Sì, il mio corpo sta cercando di uccidermi. Luna è in piedi di fronte a me, i capelli bagnati appiccicati alla pelle e un asciugamano bianco legato intorno al petto, gocciolante d'acqua. Un'immagine pericolosa. Liam junior le fa subito una standing ovation. E lei deve esserne consapevole, perché mi sorride in modo adorabile. Sì, la parola «adorabile» l'ho partorita io. Ulteriore prova che non mi arriva più il sangue al cervello.

«Di nuovo quello sguardo» mi prende in giro Luna.

Poi la peste entra in azione. Apre l'asciugamano e se lo lega attorno ai fianchi, scoprendo il suo magnifico seno nudo, con i capezzoli leggermente rosati. È esaltata dall'effetto che mi provoca. Le do subito le spalle e ne approfitto per sistemare discretamente la mia erezione. *Pensa a Matteo che caga*, mi ripeto.

«Smettila di fare il bambino, Liam. Mi hai già vista nuda.»

Mi volto e mi accorgo che ha indossato una delle sue magliette extralarge che le arriva ben sopra le ginocchia. Vuole farmi morire, è chiaro. Pagherei per cambiare la definizione di «amicizia» sul dizionario per qualche ora.

Amicizia: sentimento di affetto che si prova quando un pisellino e una patatina si piacciono. Esempio: non direi di no a una piccola penetrazione amichevole.

La raggiungo sul letto, dove ha già sistemato le pizze. Alzo gli occhi al cielo quando constato che ha ordinato una hawaiana e una al salame per me, come se avesse sempre saputo che alla fine mi sarei unito a lei. La prendo in giro dicendole che l'ananas non c'entra niente con la pizza, che è completamente pazza, ma poi mi ricordo che sto parlando con la ragazza che intinge le patatine fritte nel gelato. Luna mi fa la linguaccia e continua a mangiare. Il film è caduto nel dimenticatoio, prima perché non riuscivamo a metterci d'accordo su un titolo, poi perché la discussione si è fatta troppo interessante. Facciamo un viaggio nei nostri migliori ricordi d'infanzia con i Quattro Elementi. I momenti in cui sono stato incredibilmente felice, spensierato e innamorato. E ora, insieme a Luna, la mia promessa a Charlie non esiste più. Sono soltanto Liam, un ragazzo sorridente che guarda una ragazza dai capelli d'argento, e la ascolta raccontargli una storia rocambolesca che ha vissuto con Camille. Ridiamo così forte che io resto senza fiato e lei ha il singhiozzo. Dopodiché prende un tovagliolo di carta per pulirsi. Notando che le è sfuggito qualcosa, con il pollice le asciugo il pomodoro rimasto e poi avvicino la bocca alla sua per leccarlo. Luna trattiene il respiro, i suoi occhi fissano profondamente i miei. I nostri sguardi si fondono, lei schiude le labbra e tutta l'aria nella stanza evapora. La tensione è alle stelle. *Devo andarmene*. Ed è quello che faccio. Richiudo la scatola della pizza e mi alzo dal letto per mettere la massima distanza tra noi.

Ho appena fatto due passi quando Luna mi chiama. Mi fermo al centro della stanza, dandole le spalle.

«Liam, perché stai cercando di opporti a questa cosa?»

Perché ho fatto una promessa. E immagino già il danno che causerà al mio…

«Liam» sospira lei.

♪ Chiudo gli occhi per un secondo, per apprezzare il modo in cui pronuncia il mio nome. Con desiderio, come se la stessi già penetrando. Mi giro verso di lei per spiegarle perché non posso toccarla, ma quello che vedo nei suoi occhi mi confonde il cervello. Un desiderio inesauribile. Il suo petto si alza e si abbassa al ritmo dei suoi respiri. Luna si inumidisce le labbra e io chiudo di nuovo gli occhi per sfuggire a quella vista, ma quando le mie palpebre si abbassano non vedo altro che lei, nuda, sotto di me. Se soccombo a questa tentazione, lo so, non ne uscirò vivo.

«E se ci prendessimo una pausa?» dice.

«Una pausa?»

La mia voce è profonda, rauca, irriconoscibile. Non capisco da dove venga la mia determinazione, perché dalla sera allo studio di registrazione non desidero altro che ritrovare il suo sapore sulla lingua.

«Una pausa» ripete. «Stasera possiamo essere

chi vogliamo. Tu non sei più il mio capo, io non sono più la ragazza che conoscevi, non abbiamo più tanti problemi irrisolti.»

Deglutisco. Ho capito dove vuole arrivare.

«Stasera siamo due persone in una stanza d'albergo. Possiamo fare quello che vogliamo. Solo una notte.»

Solo una notte.

«È questo che vuoi veramente?» mi sento quasi soffocare.

Percorre i pochi centimetri che ci separano e mi posa un bacio sulla guancia. Gentile. Dolce. È Luna.

«Ti voglio, Liam. Sto impazzendo a fingere il contrario.»

E lì sento qualcosa esplodere dentro di me. Le stringo la mano intorno alla gola, abbastanza forte da farla esitare, e inclino la sua testa verso di me.

«Se andiamo a letto insieme stanotte, non sarò gentile, Luna. Non farò l'amore con te e non ti sussurrerò parole d'amore. È questo che vuoi?» ripeto, a un soffio dalle sue labbra.

«Sì.»

Non resisto più. Luna mi prende la mano e se la fa scivolare tra le cosce. La mia pelle reagisce all'istante. Sfioro il pizzo dei suoi slip, il mio petto si comprime e penso che morirò di asfissia. È già bagnata.

«Una notte» sussurro, baciandole la clavicola.

«Una notte.»

Lascio la mano in posizione e continuo a baciarla. La bacio con la consapevolezza che domani sarà tutto diverso. Una notte soltanto. Devo fare in modo che ne valga la pena. Voglio marchiarla, così che nessun altro possa mai reggere il confronto ai suoi occhi. Le nostre lingue si intrecciano, lanciandosi in una danza frenetica. Poi la lascio andare.

«Non muoverti» ordino.

Vado nel suo bagno e recupero un elastico e le Louboutin che aveva messo in valigia. Mi inginocchio davanti a lei per aiutarla a indossarle, poi mi alzo per raccoglierle i capelli in una coda. Lei rabbrividisce. Una volta pronta, le giro intorno come una bestia pronta ad attaccare. Lascio che le mie dita sfiorino le sue cosce, la curva delle sue natiche, il suo magnifico seno.

«Non sai quante volte ho sognato di farti venire con addosso soltanto questi tacchi» le sussurro.

«Liam, ti prego.»

Ignoro la sua lamentela e mi siedo sulla sedia di fronte a lei.

«Togliti i vestiti.»

Luna arrossisce, ma fa come le dico. La mia erezione si indurisce alla vista della lingerie che indossa. Un perizoma di pizzo nero che non nasconde nulla.

«Ma guarda cosa abbiamo qui» dico, passandomi il pollice sul labbro. «Avevi intenzione di farti scopare stasera, Luna?»

Il piccolo demone annuisce, si sfila il perizoma lungo le gambe e me lo lancia. Lo annuso sotto il suo sguardo incandescente. Il suo profumo dolce mi fa venire l'acquolina in bocca.

«Vedo come mi guardi, Liam.»

Ora è nuda. La sua pelle color miele, la vita sottile e i fianchi sinuosi sono un piacere per gli occhi. E la parte migliore sono le sue gambe che non vedo l'ora di avvolgere intorno alla mia vita.

«Voglio che mi scopi fino a far sparire la parola "amica" dal nostro vocabolario.»

Ansimando, con le guance in fiamme, devo trattenermi dall'accarezzarmi per alleviare il gonfiore nei pantaloni.

«Vieni qui.»

Lei inizia a camminare, ma alzo una mano.

«A quattro zampe.»

Per un momento la mia richiesta la confonde. Sbatte le palpebre più volte e alla fine le chiude completamente. Quando le riapre, le sue pupille sono scure come la notte. Poi succede qualcosa di magico. Il mio piccolo demone si mette in ginocchio.

«Come sei obbediente...»

Devo stringere i pugni per trattenermi dal godere di fronte al magnifico spettacolo che ho davanti. Luna avanza verso di me come un felino, mordendosi il labbro, chiaramente divertita dal gioco. Una volta ai miei piedi, affondo le dita nella sua coda di cavallo e attiro la sua bocca sulla mia.

«Cosa vuoi?»

«Sentirti dentro di me. Ora.»

Le sue parole fanno esplodere un vulcano in me. Senza aspettare, ci porto a letto. Luna emette un piccolo gridolino di sorpresa quando il suo corpo rimbalza sul materasso. In un batter d'occhio mi ritrovo nudo sopra di lei. Poi intreccia le dita nei miei capelli mentre le bacio l'interno delle cosce e la pancia e le avvolgo la lingua attorno al capezzolo.

«Liam…»

Fermo tra le sue gambe, mi metto in ginocchio e la tiro per la vita per unire i nostri corpi. Con una mano mi afferro il pene e lo faccio scorrere lungo il suo sesso, poi le tocco il clitoride con il glande, torturandoci entrambi.

«Smettila di giocare» ruggisce Luna.

La sua impazienza mi fa ridere.

«Sii paziente, cuore mio.»

Per spingerla al limite, le fermo le mani sopra la testa e continuo a strusciarmi contro di lei. Sotto di me, Luna strilla, si dimena, la punta dei suoi seni duri contro il mio petto. Non posso credere di essere finalmente qui, dopo così tanti anni.

«Non fermarti» implora. «È bellissimo.»

La sua voce è un mormorio, come se il piacere che le sto dando fosse doloroso. Poi le accarezzo il collo per sussurrarle all'orecchio: «Non voglio niente tra noi, Luna. Voglio sentire tutti i tuoi orgasmi. Dimmi che prendi la pillola».

«Sì, e sono pulita.»

«Anch'io.»

Visto che mi piace vederla supplicare, la penetro appena. Pochi centimetri che per poco non mi fanno venire.

«Liam, se non mi scopi subito, te lo giuro…»

La zittisco spingendolo dentro.

«Cazzo» esclamiamo all'unisono.

La sensazione è incredibile.

Quindi questa è la felicità assoluta? La sensazione di essere finalmente dentro di lei dopo quella serata andata male. È come se all'improvviso tutto si fosse allineato. Corpo, mente e anime. Il mio cuore sta per cedere. Con i fianchi saldamente fermi, non mi muovo. Lascio che si abitui alla mia dimensione, o forse ho paura di venire subito, come se fosse la mia prima volta, perché sentirla è pazzesco. Luna si dimena, impaziente. Una volta che sono sicuro di non rendermi ridicolo, mi tiro fuori lentamente e poi mi immergo di nuovo dentro di lei. Quando le sue unghie mi graffiano i polsi, perdo il controllo. La scopo forte, veloce. Le mie dita le serrano la gola a ogni penetrazione. I suoi occhi ruotano all'indietro, poi Luna mette la sua mano sulla mia, costringendomi a stringere la presa.

«Forse dovresti dire alla tua assicurazione che ti piace essere strangolata» scherzo.

Il suo sorrisetto beffardo mi rimette a posto i pezzi del cuore. È pazza. Ma è mia. E non la cambierei con niente al mondo.

Luna ansima sotto di me. Mi ritiro per penetrarla ancora più forte. Le sue gambe si stringono intorno alla mia vita, i nostri corpi luccicano di sudore.

«Maledetta Piccola Luna... non sai quanto ho sognato questo momento. Sei perfetta.»

Le sue unghie mi si stanno conficcando nella schiena così forte che mi resteranno dei segni, ma non desidero altro. In questo momento sono suo, può fare di me quello che vuole. I suoi gemiti di eccitazione creano dipendenza. Vorrei sentirli per tutta la vita. Le prendo una gamba e me la metto su una spalla per approfondire l'angolazione e giuro che vedo le stelle nei suoi occhi quando raggiungo il punto sensibile dentro di lei.

«Sì... perfetto... così.»

Le lascio il collo. Le mie mani passano sulla parte posteriore delle sue cosce per avvicinarmele al petto. È tutto più profondo. Delizioso. Sbalorditivo. Penso di aver appena trovato la sua posizione preferita. Adoro i rumori che fa. Come se fossi la cosa più bella che ha mai sentito.

Diamine, *lei* è la cosa più bella che abbia mai sentito.

«Liam...»

«Eccoti, cuore mio. Vieni per me. Apri gli occhi.»

I nostri occhi si incontrano e sento il mio cuore battere contro la cassa toracica. Scivolo dentro di lei facilmente, come se fossimo fatti per questo. I nostri movimenti sono fluidi, naturali. Ci completiamo a vicenda, come se non avessimo fatto altro per tutta la vita. Come se fossi venuto al mondo per fare l'amore con Luna, per farla godere. Per adorarla.

Sapevo che entrare dentro di lei avrebbe sconvolto il mio universo.

«Sì!»

Viene forte, con il mio nome sulle labbra. I suoi occhi ruotano all'indietro, le gambe tremano così tanto che devo tenerla ferma. Mi chino per baciarle le labbra, il collo, la clavicola. Bacio ogni centimetro della sua pelle. E mi sfugge una risatina soddisfatta quando la scopro tutta rossa, senza fiato, con un sorriso beato sul volto. Ma quello che mi cattura è la tenerezza del suo sguardo. Ora so che non sarò più lo stesso dopo stasera. Come per riportarmi a lei, Luna mi bacia come se fossi la sua boccata d'aria fresca e io ricambio. In questo bacio metto tutto quello che non oserei mai dirle. Tutto quello che non avrei mai potuto confessarle, tutta la rabbia che da anni mi divora.

«Grazie» sussurra. «Era esattamente come lo immaginavo.»

Luna sorride da un orecchio all'altro, ma vedo le lacrime agli angoli dei suoi occhi e mi paralizzo.

«Ti ho fatto male, Lu?»

«No» mi rassicura, accarezzandomi il viso. «No, no. Mi hai fatto sentire bene, Liam. Non sapevo che potesse essere così bello.»

Mi bacia per confermare le sue parole, facendo ritornare l'aria nei miei polmoni.

«Voglio farti venire tutte le volte che posso.»

Luna posa il suo sguardo sul mio viso, poi si siede per vedermi scivolare fuori da lei. Mi scruta con un'avidità così feroce che arrossisco. Che diavolo mi sta facendo? La luce che vedo nei suoi occhi mi fa ribollire il sangue nelle vene. Si inumidisce le labbra quando inizio ad accarezzarmi davanti a lei per diffondere il suo orgasmo sul mio pene. Questa ragazza mi ucciderà. Tutto di lei mi fa impazzire. La morbidezza della sua pelle, il suo profumo, il suo gusto, l'arco della sua schiena, le sue labbra che richiamano alla lussuria. Le bacio il ventre piatto, la mordicchio. Poi la sollevo per attirarla verso la grande vetrata.

Seattle è ai nostri piedi. Gli edifici scintillanti illuminano la nostra stanza. Di notte lo spettacolo è ancora più incredibile. Le premo la guancia contro la finestra e mi metto dietro di lei. Mi insinuo tra le cupole del suo culo perfetto. La tengo per la nuca e le sussurro: «Ti ho portata qui per far vedere a tutti quanto ti piace farti scopare».

Le sue magnifiche natiche tremano sotto l'impatto del mio palmo.

«Cazzo» urla, mentre la penetro fino in fondo.

Mi ritiro completamente, e lei strilla quando sente che non la riempio più.

La penetro.

Mi ritiro.

Le colpisco il sedere. Una volta. Due. Poi afferro la sua coda di cavallo, piego le ginocchia e la penetro. Emette un grido di piacere che mi attraversa dalla testa ai piedi. Va bene. Con una mano sulla parte alta della schiena per tenerla contro la finestra e l'altra sulla parte bassa, la prendo come se ne andasse della mia vita. La vista del suo sedere che rimbalza contro il mio stomaco è divina. Sono nel nirvana. Luna guaisce, piagnucola, borbotta frasi incomprensibili. Poi appoggio tutto il mio peso sulla sua schiena e le mordicchio il collo.

«Più forte, Liam.»

La tiro su e le stringo una mano intorno alla gola mentre l'altra mano scivola sul suo clitoride.

«Ti piace?»

Lei annuisce freneticamente invece di rispondere.

«Parla, altrimenti mi fermo.»

«Sì, cazzo!»

Nel momento in cui sento avvicinarsi il suo piacere perdo ogni controllo. In preda a un desiderio devastante, stringo la presa attorno al suo collo e lei viene, senza fiato.

«Cazzo, cazzo, cazzo.»

Sbatto il pugno contro il vetro mentre sento l'orgasmo sopraffarmi. Ho le ciglia bagnate di lacrime. Le sussurro oscenità all'orecchio con voce irriconoscibile. Il piacere va oltre qualunque cosa abbia mai provato. Mi sfugge un ruggito quasi bestiale. Vorrei vivere dentro di lei per sempre.

Svuotato di tutte le mie forze, ho la sensazione di essere appena rinato. Mi abbandono sulla sua schiena madida di sudore e la bacio lungo la spina dorsale. Quando si gira, il suo sorriso mi disarma. Ha le guance rosse, i capelli sparati in tutte le direzioni. È magnifica. E ho paura che se sbatto le palpebre scomparirà. Penso di aver appena trascorso la notte più bella della mia vita. Ed è stata con lei. La ragazza che mi ha spezzato il cuore. Ho la sensazione che abbia appena lasciato un segno sul mio corpo e, sfortunatamente per me, nella mia anima. E il mio cervello realizza che la caduta sarà terribile. Non potrei mai accontentarmi di una sola notte con Luna.

Voglio una vita intera con la mia migliore amica.

4
Luna

♪ *Rescue* - Lauren Daigle

L'indomani, per tutto il giorno, la mia testa è in una nebbia di sensazioni confuse. Un uomo mi ha fatta godere. *Liam mi ha fatta godere.* Ora capisco perché Cam ha sempre quell'espressione beata quando torna da casa di Tee. L'orgasmo indotto da un giocattolo non ha niente a che vedere con quello procurato da un uomo che ti guarda come se fossi un'apparizione celeste. Ho messo da parte le mie paure per lasciarmi trasportare da una persona che ha messo il mio piacere prima del suo. Da una persona che mi ha asciugato le lacrime con un bacio quando l'orgasmo che mi ha scosso mi ha fatto capire che anch'io potevo godere dell'intimità. E diamine, ho amato ogni istante. Alla fine, ci siamo addormentati nel mio letto. Mi sono rannicchiata contro di lui, con la testa nell'incavo della sua spalla, e lui mi ha abbracciata, sospirando. «Pensavo che te ne fossi andata» ha sussurrato, baciandomi i capelli. In quel momento non sapevo che il cuore potesse smettere di battere per la felicità.

Avevamo la giornata libera prima del nostro incontro serale con Arcade. Allontanarmi da New York e non dovermi guardare costantemente alle spalle mi ha fatto bene.

Liam ha messo il muso quando l'ho «costretto» ad accompagnarmi allo Space Needle, un luogo da visitare assolutamente per tutti i fan di *Grey's Anatomy*. Poi abbiamo preso il traghetto per andare nel famoso Gum Wall, un vicolo pieno di gomme da masticare usate. Lì pensavo che mi avrebbe sventrata, e invece non ha mai smesso di sorridere, anche se non sono sicura che se ne sia accorto.

Abbiamo sorriso fino a farci male alle guance e abbiamo riso come adolescenti, perché in quel momento eravamo così. Adolescenti che cercavano di rivivere i momenti rubati dalla vita.

Stasera la reazione di Liam nel vedermi è quella che speravo. Le sue pupille si dilatano, la sua mascella si tende. Appoggiato allo stipite della porta del bagno, con le braccia incrociate, mi guarda applicare il rossetto mentre i nostri occhi si incrociano nello specchio. Sento che deve fare uno sforzo per non strapparmi di dosso il vestito nero scollato sulla schiena. Le mie décolleté YSL lo fanno deglutire, ma il colpo di grazia è la mia coda alta e ondulata.

«Sì?» chiedo, con un sorrisetto.

«Sei stupenda» bisbiglia lui, con la voce rauca.

La luce che vedo brillare nei suoi occhi mi riporta indietro di anni. Sì, mi desidera, e quello che abbiamo fatto ieri lo dimostra, ma riuscirà mai ad amarmi come prima, così puramente? I muri che circondano il nostro passato sono così alti da sembrare impenetrabili. Come reagirà quando scoprirà la verità? Lo disgusterò? Oserà fare l'amore con me con la stessa intensità di ieri o mi tratterà come una bambola di porcellana? E se di tanto in tanto mi sembra di intravedere l'amore nei suoi occhi, so che mi sto prendendo in giro. Stiamo solo recuperando il tempo perso. La prima notte che ci è mancata. Tutto ciò che ci resta è l'attrazione fisica. Allora mi avvicino per sussurrargli all'orecchio: «Scommetto che muori dalla voglia di farmi un sacco di cose amichevoli».

Lui ride.

«Luna Eden Collins, sei una stronza.»

La tensione di Liam mi diverte, ancora di più quando incontriamo Denis, l'agente di Arcade. È sulla trentina e mi fissa in modo abbastanza esplicito. Liam, che con il pollice mi accarezza l'interno del ginocchio da quando ci siamo seduti, sembra pronto a tirargli il collo. Denis chiacchiera a ruota libera, parla ad alta voce ed è inutilmente volgare. Liam e io ci scambiamo uno sguardo d'intesa ogni volta che apre bocca per vantarsi. Potremmo inventare un gioco alcolico e bere ogni volta che dice «io».

«Scommetto che si fa i pompini da solo» mi dice piano Liam.

Rido così forte che, nonostante la musica, diverse teste si girano nella mia direzione. Sghignazziamo per almeno cinque minuti sotto il naso dell'agente che non si è nemmeno accorto di parlare da solo.

Nel momento in cui Arcade sale sul palco, però, il pubblico impazzisce. Le ragazze urlano e la folla si avvicina per ammirarlo. Quando l'ho scoperto su SoundClound sono rimasta stupita dalla sua capacità di mescolare stili musicali. Liam tende la mano e io la stringo, ansiosa di allontanarmi da Denis, che al momento sta parlando con i sottobicchieri. Mi trascina al centro della pista e subito la mia pelle si carica di elettricità. Quando le luci al neon si accendono e risuonano le prime note, le urla del pubblico mi confermano che ho fatto bene a seguire il mio istinto. Giro la testa verso Liam e nel momento in cui i nostri occhi si incontrano il suo sguardo luminoso mi conferma che stiamo pensando la stessa cosa. Questo ragazzo deve assolutamente firmare con la Mem. Passa dalla techno all'afrobeat, senza dimenticare le sonorità latine. E ha ventuno anni. È incredibile. Alla fine dell'esibizione, Liam si infila due dita sotto la lingua per fischiare. Io urlo e sorrido così forte che mi fa male il viso.

«Vado in bagno» grido a Liam sopra la musica.

Mi tiene per la vita.

«Vengo con te.»

«Ci metto due minuti.»

Esita un attimo, poi si arrende: «Ok, ti aspetto qui».

Svuoto la vescica e mi ritocco il trucco con l'idea di spingere Liam al limite. Voglio farlo impazzire, voglio che non veda l'ora di tornare in albergo per avermi.

La folla è più compatta rispetto a qualche minuto fa, quindi mi faccio strada alla meglio sulla pista da ballo. Vado a sbattere contro il petto di diverse persone mentre cammino. Il caldo è opprimente, l'odore di sudore mi solletica le narici. In lontananza vedo Liam, di spalle, con le mani in tasca, che chiacchiera con una ragazza bruna. Mi avvio verso di lui, e in quel momento lo vedo.

Il mio cuore manca diversi battiti. È impossibile.

Daniel.

All'improvviso tutto intorno a me diventa sfocato. Le mie orecchie iniziano a fischiare. La musica mi sembra distante. Le persone si muovono al rallentatore. E lui mi fissa. Con lo stesso sorriso perverso che aveva quando mi ha costretta a mettermi in ginocchio in quello spogliatoio. La sua voce mi risuona nella mente. *Farò quello che voglio con te, darling.* Ha i capelli castano scuro appiccicati alla fronte per il caldo. E gli occhi neri come la sua anima mi trafiggono come una spada. Sono paralizzata. Mi sento sballottare a destra e a sinistra, ma non riesco a muovermi. I miei muscoli tremano. Non sento altro che il cuore che mi batte forte nel petto. *Muoviti, Luna.* A pochi metri di distanza, Daniel è ancora immobile. Mi guarda come se fossi sua. E mi fa sentire una nullità. Quando qualcuno mi urta di nuovo, esco dal mio torpore e riesco a correre da Liam. Come se avesse sentito la mia presenza, lui si gira. E quando mi vede il suo sorriso svanisce. Mi lancio contro di lui così forte che mi scappa un gemito di dolore. Appoggio la testa contro il suo petto e lui mi sorregge.

«Che succede, Luna? Stai tremando.»

Piega leggermente le ginocchia per portare i nostri occhi alla stessa altezza.

«Luna, rispondimi.»

La sua voce è più aspra, ma rimane terribilmente calmo. Mi guardo alle spalle, pregando che la mia mente mi abbia giocato uno scherzo, ma nel profondo so che era lui. E che è qui per me, per continuare a rovinarmi la vita. Quando inizia a camminare verso di noi, stringo le braccia attorno alla vita di Liam. Daniel vorrà portarmelo via, raccontargli una marea di orrori su di me. Che sono stata io a volerlo, per esempio. E credo che morirei se vedessi il minimo dubbio nei suoi occhi. Preoccupato, Liam segue il mio sguardo.

«Qualcuno ti ha fatto del male, Luna?»

La sua voce mi arriva come un ronzio straziante. Daniel si avvicina sempre di più a noi, diabolicamente sicuro di sé. È un attimo che mi sembra un'eternità. Sentendo avvicinarsi l'inevitabile, chiudo gli occhi e conto i secondi che mi restano da trascorrere tra le braccia di Liam. Le mie mani si aggrappano alla sua maglietta. Poi arriva l'impatto. Ci urta violentemente e apro la bocca per urlare, ma non esce alcun suono.

«Attento a dove metti i piedi o la prossima volta ti spezzo le ossa» abbaia Liam.

Apro gli occhi. Liam ha afferrato un uomo per la maglietta, i lineamenti del viso contorti dalla rabbia. La vena del collo risalta, pronta a esplodere.

Non è lui.

Liam lo spinge via con tanta violenza da farlo crollare a terra. Quando si volta verso di me, però, il suo viso si addolcisce.

«Come va?»

Annuisco, ma il mio sguardo fatica a incontrare il suo. Quello che ci ha spinti non era Daniel, ma sono sicura di averlo visto. Mi giro a cercarlo, ma non vedo nulla. Mi agito, mi alzo in punta di piedi, spingo le persone che mi ostacolano la vista. La mano di Liam è ferma sul mio polso, poi mi accarezza il viso.

«Respira, Lu.»

Chiudo gli occhi per concentrarmi sul mio respiro e sul suono della sua voce. Ma l'aria che mi passa nei polmoni brucia. Ho appena il tempo di mormorare alcune parole incomprensibili e di sentire la mano di Liam che mi stringe forte la vita, poi tutto intorno a me diventa nero. E mortalmente silenzioso.

♪ Quando apro gli occhi, il mio corpo è in fiamme. Mi fa male la testa, la pelle, la gola, tutto, come se centinaia di spilli mi pungessero contemporaneamente. Mi alzo sui gomiti per dare un'occhiata all'orologio sul comodino. Le due del mattino. La sensazione di sicurezza che provo mi fa sospirare di sollievo.

«Pensavo stessi facendo un remake de *La bella addormentata nel bosco*.»

La voce rauca di Liam mi fa venire un piccolo infarto. Mi giro e lo trovo seduto su una poltrona di fronte al letto. All'apparenza è rilassato, ma il suo volto è duro e lo sguardo è gelido. È accasciato, con le gambe divaricate e un bicchiere di liquido ambrato in mano. I bottoni superiori della camicia nera sono aperti, scoprendo una parte del suo petto perfetto e tatuato. Alcune ciocche gli ricadono sulla fronte. In genere ha l'aria vulnerabile quando ha i capelli così, ma al momento emana un'animosità che mi disturba. Sembra esausto. Beve un sorso senza staccarmi gli occhi di dosso.

«Cos'è successo?» chiedo, sedendomi a gambe incrociate sul letto.

Liam stringe la mascella e beve un altro sorso. Poi sbatte così forte il bicchiere sul tavolo alla sua destra da farmi sobbalzare.

«Sei svenuta.»

«Oh.»

Spalanca gli occhi come se lo avessi insultato.

«Oh?» ringhia. «Non hai altro da dire?»

Ma che vuole?

«Cosa vuoi che ti dica? Perché te la prendi con me?»

Lui balza in piedi così velocemente che avvicino le ginocchia al petto per proteggermi. Di fronte alla mia reazione, però, si ferma davanti al letto.

«Pensavi che volessi colpirti?»

Sento il dolore nella sua voce e lo vedo nel profondo dei suoi occhi.

«So che non mi metteresti mai le mani addosso, Liam. Sono soltanto nervosa, e soprattutto non capisco perché tu sia arrabbiato con me.»

«Non sono arrabbiato» si altera lui.

«Certo che sì» replico, alzando la voce.

«No, cazzo. Non sono arrabbiato, Luna. E di sicuro non con te.»

Comincia a camminare avanti e indietro, passandosi una mano fra i capelli.

«E con chi, allora?»

«Con me stesso, ecco con chi» ammette, battendosi il pugno sul petto. «Non capisci? Mi sono sentito impotente. Eri lì, tra le mie braccia, spaventata, e non potevo fare nulla per aiutarti perché ti rifiuti di parlarmi. Maledizione, Luna, eri terrorizzata. Sembrava che avessi visto un fantasma. Ma la cosa che mi ha turbato di più è che ti sei arresa. Sembravi rassegnata a ciò che ti sarebbe successo. Eri così in ansia che sei svenuta. Come posso aiutarti se non so contro cosa stai combattendo?»

Una miriade di emozioni gli attraversa il viso. Rabbia, paura, impotenza. Mi raggiunge sul letto e mi accarezza la guancia.

«Parlami» mi implora. «Un tempo non avevamo segreti. C'è qualcosa che non mi stai dicendo, te lo leggo in faccia. Avrei dovuto capirlo dopo la chiamata che hai ricevuto quando eravamo nel mio attico, avrei dovuto farti sentire più a tuo agio e convincerti a confidarti con me.»

Sono a un passo dal dirgli la verità. Soltanto per non dover più portare il peso da sola. Sento le mani tremare, il lenzuolo si spiegazza sotto le unghie. Mi mordo l'interno della guancia per non lasciar sfuggire le lacrime che ho trattenuto troppo a lungo.

«È di nuovo la stessa persona? Ti ha contattato di nuovo?»

Il mio cuore manca un battito quando lo sguardo preoccupato di lui cade sulle mie labbra tremanti.

«Sono preoccupato per te. Ti prego, dimmi chi è, così posso affrontarlo. Darei fuoco al mondo per te, Luna. Devi solo chiedermelo. Fidati di me. Per favore.»

Il mio cuore scoppia e le lacrime iniziano a scorrere.

«Piccola Luna» sussurra, addolorato, prendendomi il viso tra le mani. «Non ti giudicherei mai.»

Inclina la mia testa per guardarmi negli occhi. Il suo sguardo di giada è una pugnalata al petto. Liam mi vede davvero e capisco che non dovrò pronunciare quella parola nauseante. Perché lui mi comprende, intuisce la verità che mi tormenta. Fronte contro fronte, gli stringo le mani e piango tra le braccia del mio migliore amico. Mi lascia sfogare senza dire una parola, poi bacia le mie lacrime, una dopo l'altra, e intreccia le dita alle mie. Nonostante il velo nei miei occhi, riesco a discernere le lacrime che brillano anche nei suoi.

Faccio un respiro profondo prima di confidarmi.

«Qualche anno fa un ragazzo mi ha costretto a fargli del sesso orale in cambio del suo silenzio. Aveva informazioni compromettenti su una persona a cui volevo molto bene. All'inizio ho accettato» singhiozzo.

Le sue dita si congelano. Quando oso guardarlo, sembra sconvolto dalla mia confidenza. Poi mi attira verso di sé , mi stringe in un abbraccio e appoggia la fronte contro la mia tempia.

«E quando gli hai detto che non volevi continuare non si è fermato, vero?»

Annuisco, abbassando lo sguardo.

«Bastardo.»

Liam esita a farmi la fatidica domanda. È andato oltre? Il suo sguardo terrorizzato mi trafigge. I nostri corpi tremano l'uno contro l'altro. Quindi scuoto la testa da una parte all'altra. No, il bastardo non è andato oltre. Sì, è pur sempre uno stupro. Mi ci è voluto molto tempo e lavoro su me stessa per accettarlo. Vergognandomi, mi asciugo le lacrime con rabbia, perché lui non le veda.

«Mi rifiuto di piangere per quello stronzo. Non merita le mie lacrime.»

Liam mi prende il mento tra le dita per costringermi a guardarlo negli occhi.

«Le tue lacrime non significano che sei debole. Dimostrano che ti rifiuti di lasciare che questa storia ti distrugga. E questo significa che, nonostante quello che ti ha fatto questo bastardo, non è riuscito a disumanizzarti. Sei ancora la ragazza più affettuosa e generosa che conosca. Vieni qui.»

Liam mi stringe tra le sue braccia fino a togliermi il fiato. Mi abbandono a lui, mi appoggio a lui.

«Mi dispiace tanto che tu abbia dovuto affrontare tutto questo, Piccola Luna. Se potessi portare il tuo dolore, lo farei senza nemmeno pensarci.»

Mi piace che non giudichi la mia scelta. Si limita ad avvolgermi con le sue braccia forti. Protettrici. Avevo paura che non si avvicinasse più a me. Che non mi toccasse. Che avesse difficoltà ad accettare le mie crepe, che l'immagine che aveva della sua migliore amica fosse macchiata per sempre. Ma le sue dita mi accarezzano i capelli e le guance. Ai suoi occhi sono sempre la stessa. Bellissima. Forte.

«Questa persona sa cosa hai fatto per lei?»

Scuoto la testa, ho la gola stretta.

«E il segreto è ancora attuale?»

«Sì.»

Liam si alza e inizia a camminare su e giù, massaggiandosi vigorosamente la nuca.

«D'accordo, Piccola Luna. Ecco cosa faremo. Dimmi il segreto del tuo amico e il nome dello stronzo stupratore e ti prometto che troverò una soluzione. Presenteremo una denuncia per stupro e molestie. Perché è lui che ti chiama e ti manda quei messaggi, giusto? Quello che ho letto dopo l'inseguimento era suo? Che stupido, ero convinto che fosse di quel Calvin.»

Lo aveva visto?

Annuisco, senza osare guardarlo. Mi avvicino le ginocchia al petto.

«Non ti ho dato la targa giusta» confesso in un sussurro.

Silenzio.

«Luna...»

Ritorna sul letto e mi sposta dalle guance i capelli bagnati di lacrime.

«Non posso fingere di sapere cosa provi o perché ti rifiuti di dirmi di più, ma per favore, dimmi cosa vuoi che faccia per aiutarti.»

«Voglio dimenticare tutto, non voglio che tu mi tratti diversamente, non voglio vedere il disgusto nei tuoi occhi, non voglio che cerchi di aggiustarmi, perché non sono rotta. Non mi ha spezzata. Non sono rotta» ripeto più e più volte.

«Ok, ok» mi rassicura, cullandomi fra le braccia. «Prometto di non vederti mai come una vittima. Sei la ragazza più coraggiosa che conosco. Ma commetterò degli errori, Luna, perché a volte vorrei proteggerti da tutto, quindi ti chiedo di dirmi se sto esagerando. L'altra sera... quello che abbiamo fatto...» esita «sono stato troppo duro con te?»

«Sei stato perfetto.»

Ancora una volta, mi posa i palmi delle mani sulle guance. Le sue labbra mi baciano il viso. Il collo. La parte superiore del petto. La mia schiena trova il letto. I suoi occhi restano incollati ai miei. Poi le sue labbra morbide accarezzano ogni centimetro della mia pelle.

«Sei bellissima.»

Bacio.

«Forte.»

Bacio.

«Indistruttibile.»

Bacio.

E lì crollo.

«Puoi piangere, Piccola Luna. Sarò sempre qui ad asciugare le tue lacrime.»

Ed è quello che fa. Liam mi asciuga le lacrime con i baci. E rimette insieme le parti del mio cuore.

5
Liam

«Sei sicuro?» mi chiede Matt al telefono.

Inspiro lentamente dal naso. Non mi sono mai sentito tanto impotente come quando ho ascoltato la storia che Luna mi ha raccontato stanotte. Avrei voluto bruciare tutto, veder scorrere il sangue. Quel pezzo di merda ha osato toccare il fiore più prezioso, impedendole di sbocciare per anni. Che diritto ha di continuare a giocare con lei?

«Sì» sibilo fra i denti. «Le ha fatto del male. Avresti dovuto vedere la sua faccia ieri sera. L'immagine mi resterà in testa per sempre. Era terrorizzata, persa. Non posso starmene con le mani in mano mentre un bastardo molesta la mia...»

«La tua cosa, Liam?»

«Ascolta» continua, sapendo che non avrà risposta. «Ora che la conosco capisco tutto, ma stai attento. Si è finalmente confidata con te e sai che sarò sempre al tuo fianco per farla pagare al bastardo che l'ha toccata, ma hai ancora delle cose da risolvere: senza contare che la tua famiglia non accetterà mai la vostra relazione.»

«Comando io, Matteo. Ti chiedo solo di aiutarmi a scoprire il nome di questo tizio.»

Prima di riattaccare mi spiega i dettagli: le invierà un link via messaggio. Quando ci avrà cliccato, un virus si impianterà nel suo cellulare, dandogli accesso alle sue informazioni personali. Mi rendo conto che se Luna lo scopre perderò per sempre il suo rispetto e la sua fiducia, ma devo agire.

Sono rimasto a guardarla dormire contro il mio petto fino alle quattro del mattino prima di addormentarmi. Vederla tremante e impaurita tra le mie braccia ha infranto il muro che avevo eretto intorno a me, e le sue rivelazioni hanno finito di demolirlo. Luna si è fidata di me confidandomi i suoi segreti più intimi, come avevo fatto io in passato, e ora farò di tutto per impedirle di crollare, anche a costo di morire per lei. Quando la stringo a me, quando la tocco, è come se un interruttore nel mio cervello si spegnesse. Torno a essere l'adolescente che pendeva dalle sue labbra. E sono felice di essere tornato a casa.

Quando mi sveglio, dopo una bella doccia, vado a prendere Luna nella sua suite. Abbiamo appuntamento in studio per partecipare alla registrazione di Arcade. Quando arrivo è ancora a letto, con la coperta tirata sopra la testa. L'immagine familiare mi strappa un sorriso. Il mio primo istinto sarebbe di lanciarle addosso un cuscino, ma alla luce delle sue rivelazioni mi chiedo se sia il caso. Poi mi do due sberle mentali. Questo è esattamente ciò che temeva. Che cambiassi, che cominciassi a trattarla come un diamante scheggiato. E Luna Eden Collins è tutt'altro che rotta. È una guerriera. La mia combattente. Quando le ho parlato del mio passato ha continuato a trattarmi come prima. Non ho mai visto pietà nei suoi occhi. Ero lo stesso. Non ero un povero ragazzino la cui anima era stata ferita dal patrigno. Quindi, da vero gentiluomo, vado avanti con il mio piano originale.

«Sei insopportabile. Lasciami dormire» borbotta quando il cuscino le piove sulla testa.

Sghignazzo.

«Partiamo tra venti minuti. Datti una mossa.»

Borbottando come un'adolescente, Luna si toglie la coperta dal viso, si alza dal letto con la grazia di un mammut e si dirige in bagno con gli occhi ancora chiusi.

Per mia grande sfortuna, non inciampa in una delle tante valigie sparse per terra.

«Vedo che sei sempre gentile la mattina» la prendo in giro.

In risposta, Luna finge di grattarsi la testa con il dito medio. Ridacchio e la seguo in bagno, dove la guardo schizzarsi l'acqua sul viso. Una volta finito, la ragazza più bella del mondo viene ad accoccolarsi contro il mio petto. Inalo il profumo dei suoi capelli e della sua pelle calda. Non so quanto resteremo abbracciati, ma una cosa è certa: non basterà. Non è mai abbastanza. Voglio sempre che duri di più.

«Grazie per ieri sera» sussurra.

«Grazie di esserti fidata di me.»

La stringo più forte. Cuore contro cuore.

«Dobbiamo proprio andare?» si lamenta. «Voglio restare qui. E poi Denis…»

All'improvviso i suoi muscoli si tendono, si divincola e fa un passo indietro.

«Oddio» rabbrividisce, come colpita da un ricordo. «Mi hanno vista ieri? Denis e Arcade?»

Ovviamente no. Ho fatto di tutto per proteggerla il più possibile da sguardi indiscreti. Ma visto che mi piace sentirla lamentarsi resto sul vago: «Allora, vado a cercarci qualcosa per colazione e ti aspetto di sotto. Hai un quarto d'ora».

Mi dirigo verso la porta mordendomi l'interno della guancia per trattenermi dal ridere, perché so che tra cinque secondi mi insulterà a tutto spiano.

«Liam Jude Davis, resta fermo lì! Cosa gli hai detto?»

Sento i suoi passetti arrabbiati dietro di me, quindi mi giro verso di lei.

«Non preoccuparti, gli ho spiegato tutto. Gli ho detto che hai tirato un po' troppa coca.»

I suoi bellissimi occhi argentati si spalancano per l'orrore.

«So che sei uno stronzo, ma non l'hai fatto sul serio, vero, Liam?» mi chiede, sull'orlo di un infarto.

Scrollo le spalle con nonchalance.

«Liam, te lo giuro, farò una borsetta con la pelle delle tue palle.»

È troppo. Scoppio a ridere e le do un bacio in fronte. Alla fine, anche lei si lascia andare, sghignazzando fino a restare senza fiato.

Questa risata. Questo sorriso. Anche appena sveglia, è sublime.

«Ti aspetto di sotto.»

«Sei insopportabile, lo sai? Non capisco perché devi sempre farmi gli scherzi più atroci» si lamenta.

La guardo. Mi soffermo sugli occhi ipnotici, il nasino dispettoso, gli zigomi alti, le labbra carnose. Sorrido, con un calore familiare che si diffonde nelle vene.

«Perché non c'è cosa più bella che sentirti ridere.»

E mi chiudo la porta alle spalle, lasciandola con l'ultimo pezzo del muro che proteggeva il mio cuore.

6
Luna

Luna 15 anni - Liam 17 anni

Le mie palpebre si sono appena chiuse quando un grido straziante mi sveglia dal sonno.

«Basta!»

Mi strofino gli occhi e vedo Liam raggomitolato su se stesso, tremante.

«Non toccarla» singhiozza.

«Limee, svegliati.»

Mi avvicino a lui e gli scosto i capelli dalla fronte. La sua pelle brucia. Le lacrime gli scorrono dagli occhi chiusi. Scalcia in tutte le direzioni. Cerco di svegliarlo, ma lui lotta e piagnucola ogni volta che lo sfioro. Allora mi metto a cavalcioni su di lui per immobilizzarlo, ma Liam slancia le braccia in aria e mi dà una gomitata sullo zigomo.

«Ahia.»

Il dolore mi intorpidisce tutto il lato destro del viso. Liam ha gli occhi ancora chiusi e sembra spaventato, anche nel sonno. Non l'avevo mai visto in questo stato.

«Liam, apri gli occhi. Sono io. Luna.»

Gli metto le mani sulle spalle e lo scuoto. A quel punto Liam si tira su di scatto, inspirando una grande boccata d'aria, con le dita strette al mio piumone. Si guarda intorno. In pochi secondi il suo sguardo passa dalla paura al sollievo.

«Sono qui. È stato un incubo. Siamo nella mia stanza, ricordi? Abbiamo passato la serata a casa di Travis.»

Non so perché glielo sto dicendo, ma sembra funzionare, perché mi guarda negli occhi per la prima volta da quando si è svegliato. Poi mi abbraccia e mi appoggia il viso sul petto. Le sue lacrime calde mi bagnano la pelle e inzuppano la scollatura del mio pigiama. Liam mi stringe così forte da farmi male, ma non lo lascio andare finché il suo battito cardiaco non rallenta.

«Scusa se ti ho spaventata, Piccola Luna.»

Si asciuga il viso con il dorso della mano.

«Raccontami cosa stavi sognando» sussurro.

«Non mi ricordo.»

Mente.

«Liam, stavi tremando. Era come se stessi lottando contro qualcuno. Mi hai persino colpita.»

Chiudo la bocca. Non volevo essere così dura.

«Ti ho fatto male?» chiede, in preda al panico.

«Ti stavi dimenando e il tuo gomito è atterrato

sulla mia guancia.» Tento un sorriso rassicurante, ma i suoi occhi si spalancano per l'orrore.

«Io… non volevo» farfuglia.

Si allontana da me, costringendomi a sedermi sul letto. Appoggia i gomiti sulle ginocchia e si prende il viso tra le mani.

«Non l'ho fatto apposta, Luna.»

«Lo so, Liam» lo rassicuro.

Provo ad abbracciarlo per calmare il tremito. Invano.

«Non sono come lui» mormora a ripetizione. «Non l'ho fatto apposta.»

«Liam, di cosa stai parlando?»

Non sopporto la tristezza che vedo nei suoi occhi.

«Non posso parlarne.»

Ha scandito le parole, ma si vede che è sull'orlo delle lacrime.

«Non ti fidi di me?»

Scoppia in una piccola risata.

«Non è questo. Sei una delle poche a cui affiderei la mia stessa vita.» Si schiarisce la voce e aggiunge: «Anzi, sei l'unica. Ma non mi piace parlare di questa parte del mio passato. Non mi piace nemmeno pensarci. Non voglio appesantirti con i miei demoni. E soprattutto, non voglio che tu mi guardi in modo diverso».

«Come ti guardo di solito?»

«Come si guarda qualcuno che non ti farebbe

mai del male» sorride, accarezzandomi lo zigomo dolorante.

«Ti fidi di me, Liam?»

«Ovviamente. E tu?»

«Certo. Avrei più possibilità di morire sul *Titanic* che tu di farmi del male deliberatamente.»

«Sai che il *Titanic* è affondato, vero?»

«Certo, stupido.»

Il sorriso che mi rivolge mi fa contorcere le viscere. Tutte le farfalle che si nascondevano lì si sono svegliate. Mi fa ridere. Dalla notte in cui ci siamo avvicinati nel suo letto non ci abbiamo più riprovato e non abbiamo affrontato l'argomento. È come se da allora avesse paura di toccarmi. Ero riuscita a controllare i miei sentimenti per lui, a seppellirli nel profondo, ma ora, vedendolo vulnerabile, i miei sforzi sono andati in fumo.

«Limee, perché pensi che mi faresti del male?»

«Quando cresci con la violenza, finisce per diventare una parte di te.»

Il suo tono aspro mi fa venire la pelle d'oca. Cosa intende?

«Liam?»

«Vieni qui.»

Mi afferra e mi tiene stretta a sé. Gli avvolgo le braccia attorno al collo mentre mi accarezza i capelli. Siamo così vicini che riesco a sentire il battito del suo cuore. Mi stringe la vita. Restiamo così per diversi minuti. Prendo tutto quello che mi dà.

«Promettimi che, qualunque cosa ti dirò, non mi lascerai.»

«Liam...»

«Promettilo, Lu. Promettimi che non cambierà nulla tra noi. Ho bisogno di sapere che non ti perderò.»

La sua voce si spezza, insieme al mio cuore. Mi libero dal suo abbraccio e lo guardo negli occhi. E quello che vedo mi fa gelare il sangue. Ha paura. Paura della reazione che potrei avere. Mi devasta che lui pensi che possa lasciarlo. Non vede quanto sono innamorata di lui?

«Te lo prometto. Non ti lascerei mai. Ricordi cosa ti ho detto il primo giorno? Finché ci sarò io, non sarai mai più da solo. Ho mentito?»

«No, sei stata una vera piattola.»

Sorridiamo per un attimo, ma passa subito.

«Devi promettermi di non dirlo mai a nessuno. Nemmeno a Camille, e nemmeno a Hendrix o al tuo diario.»

E così mi rendo conto che quello che sta per dirmi è una cosa molto seria e importante. Mi batte forte il cuore e inizio a mordicchiarmi la pelle delle dita. Poi me le toglie dalla bocca per baciarle a una a una. E alla fine mi attira a sé per riportarci sul letto.

«Te lo prometto.»

Come per farsi coraggio, Liam mi prende la mano. Le nostre dita si intrecciano all'istante. Inspira a fondo. Con gli occhi incollati al soffitto, inizia a raccontare.

«Vengo da Sutton, una cittadina vicino Londra. Lo stipendio da poliziotto di mio padre ci permetteva di condurre una vita abbastanza agiata. Charlie e io abbiamo avuto un'infanzia del tutto normale, almeno fino ai miei sette anni, quando mio padre se n'è andato all'improvviso. Mia madre è andata in depressione, beveva e ingoiava pillole come caramelle. Mi sono preso cura di Charlie come meglio potevo. Lei dormiva quasi tutto il tempo, quindi toccava a me gestire la casa e la scuola. A un certo punto ha perso il lavoro e siamo rimasti senza soldi, ma un giorno ha ricominciato a sorridere ed è comparso Mike.»

Quando pronuncia quel nome le sue unghie mi affondano nel palmo.

«All'inizio ero felice. Mia madre stava meglio. Potevo tornare a vivere come un bambino della mia età. In un primo momento Mike non era male con noi, anche se a tratti un po' inquietante, quindi Charlie e io cercavamo di tenerci a distanza. In ogni caso, si vedeva che non era interessato a noi. Ci rivolgeva la parola soltanto per trattarci come servi. Non ho mai saputo cosa facesse di lavoro, stava via tutto il giorno e tornava spesso a tarda notte. A volte partiva per qualche giorno oppure non tornava a casa per settimane. E più il tempo passava, più mostrava il suo vero volto.»

Il suo petto si gonfia, chiude gli occhi. Pendo dalle sue labbra, senza osare muovermi per paura di interromperlo.

«La sera, quando tornava dal lavoro, doveva avere la sua birra fresca da bere davanti alla televisione. Se per caso mia madre la dimenticava, lui la schiaffeggiava e le sputava addosso. La trattava come se non valesse niente. E dato che mia madre non lavorava, si comportava come un re. In fondo era lui a portare i soldi a casa. Una sera, dopo la solita giornata di merda, si è sfogato su di lei soltanto perché era seduta con noi a guardare i cartoni animati. Dal suo punto di vista aveva di meglio da fare. Cucinare per lui, per esempio. Comportarsi da brava mogliettina. L'ha afferrata per i capelli e le ha sbattuto la testa contro il frigorifero. Sento ancora il tonfo sordo di quando l'ha colpito. Mia madre è crollata a terra, e lui, come un codardo, ha iniziato a prenderla a calci nella pancia e nelle costole. Poi si è slacciato i pantaloni e le ha urinato addosso. Lei urlava e piangeva, ma resisteva. Avevo otto anni, mi sentivo impotente. Quindi cominciai a prendere con me Charlie e andare a chiuderci nella mia stanza. Suonavo la chitarra per soffocare le sue urla e quelle di mia madre. Suonavo fino a farmi sanguinare le dita. Era un modo di punirmi perché non avevo il coraggio di aiutarla.»

Le mie lacrime scorrono silenziose. La sua mano stringe la mia così forte che sussulto, ma lo lascio fare. Voglio sentire un po' della sua sofferenza. Ora capisco perché sua madre ha quello sguardo triste. È stata forte per sopravvivere a tutto questo. Mi giro verso di lui e vedo una lacrima rigargli la guancia. La asciugo con la punta delle dita e mi accoccolo contro di lui. Se potessi strapparmi il cuore e scambiarlo con il suo, lo farei. Farei qualsiasi cosa per cancellare questa angoscia. Mi bacia la testa e continua il suo racconto, con la voce carica di dolore, amarezza e rimorso.

«Chi fa una cosa del genere? Chi suona la chitarra mentre la madre urla di dolore? Preferivo nascondermi e immaginare un mondo migliore. Ora capisci perché non la suono mai? Mi basta sfiorarla perché mi tornino in mente immagini orribili. Incubi. Non so perché non me ne libero. Forse per ricordarmi che sono un debole.»

Non mi dà il tempo di rispondere, di dirgli che non è colpa sua, che era solo un bambino e che proteggere Charlie lo ha reso una persona coraggiosa, nonostante tutto.

«Il calvario è durato anni. Mia madre ha continuato a subire percosse e umiliazioni. Lui si portava persino a casa le sue conquiste. Presumo che la violentasse anche, ma in quel momento non ne ero consapevole. Charlie e io siamo cresciuti in questo clima di terrore. Mi chiedeva sempre perché nostro papà non veniva a salvarci. Cosa avrei dovuto rispondere? Ero furioso con nostro padre. Lo odiavo per averci lasciati. Se non se ne fosse andato, quel mostro non sarebbe mai entrato nelle nostre vite. Comunque, quando si rese conto di non riuscire più a piegare mia madre, Mike iniziò a prendersela con me. Esercitare il suo potere sulle persone era la sua passione. Ha cominciato con qualche schiaffo e qualche calcio nel sedere quando facevo qualcosa di stupido a scuola. E io incassavo, sperando che non toccasse mai a Charlie.»

Si gira su un fianco e mi stringe più forte. Tutto il suo corpo trema contro il mio. Ricambio la stretta per confermargli che sarò sempre al suo fianco.

«Una volta, quando avevo dodici anni e Char otto, mia madre aveva passato tutta una giornata ad aiutarmi con un progetto per la scuola. Uno stupido vulcano. Ci eravamo divertiti, avevamo riso come facevamo prima. Poi Mike è entrato e si è infuriato perché mia madre si era dimenticata di lavare i piatti. Erano rimasti tre bicchieri nel lavandino perché avevamo appena bevuto del succo di mela. La prese per il collo e le immerse la testa nel lavandino pieno d'acqua. Stava cercando di affogarla, Luna. Le teneva la testa sott'acqua. Charlie ha iniziato a urlare. Era spaventata a morte. E la cosa l'ha fatto impazzire. Si è avventato su di lei per farla tacere con uno schiaffo, e lei è rimasta in silenzio. Penso che sia stata la goccia che ha fatto traboccare il vaso per me, e anche per mia madre. Ho provato a colpirlo più forte che potevo con i pugni, ma è stato inutile. Mi ha afferrato per la gola per strangolarmi. La sua mano premeva sulla mia trachea, non riuscivo a respirare. Stavo per svenire. Mi ricordo i suoi occhi pieni di odio. Poi mi ha lasciato andare, lanciando un grido degno di un animale in agonia, ed è crollato a terra. Mia madre lo aveva accoltellato al fianco. Tranne che nei film, non avevo mai visto così tanto sangue. L'odore di ferro era insopportabile. Charlie urlava, mia madre era sotto choc. E io non ho reagito. Non ho versato nemmeno una lacrima. L'ho guardato morire, sollevato dal fatto che finalmente sarebbe marcito all'inferno.»

Mi sfugge un singhiozzo. Liam mi abbraccia più forte mentre gli bagno la maglietta con le mie lacrime. Si tira indietro per guardarmi, me le asciuga con i pollici e sussurra: «Questo fa di me un mostro?».

«No, Liam.»

Sospira, come se la mia risposta fosse un sollievo.

«Quella notte trovammo rifugio in un albergo della città. Ci siamo rimasti per una settimana. Charlie era prostrata, io ero un fantasma. Per due giorni mia madre se ne andò, lasciandoci lì. Non sapevo cosa facesse tutto il giorno, ma sapevo che non aveva ripreso a bere. Davanti a noi si comportava come se non fosse successo nulla, ma la sua agitazione era palpabile. Di notte la sentivo piangere quando pensava che stessimo dormendo, ma in tutta la settimana non ero riuscito a chiudere gli occhi nemmeno una volta. Avevo incubi e attacchi di panico e durante il giorno aspettavo che arrivassero i poliziotti per arrestarla. Avevo paura che avrebbero separato me e Charlie. Mia madre non ci ha mai parlato di quella notte, se non per chiederci di non dirlo mai a nessuno, e alla fine di quella settimana siamo saliti su un aereo per gli Stati Uniti. Abbiamo passato qualche mese a Chicago con la mia madrina e poi lei ci ha aiutati a trovare una casa qui e un lavoro per mia madre. Abbiamo preso il cognome del trisavolo di mia madre. E il resto della storia lo conosci.»

È il mio turno di asciugargli le lacrime che gli scendono silenziose sulle guance. Non riesco a trovare le parole per esprimere quello che provo. Dispiacersi sembra troppo poco di fronte a tutto quello che hanno passato. Gli sono grata di essersi confidato con me.

«Non sei un codardo, Liam. Sei coraggioso e forte. Hai protetto Charlie. Hai fatto la cosa giusta. E so che lei ti vede come il suo eroe.»

Affondo la testa nel suo collo e inspiro il suo odore. Rimaniamo così per un po', finché il suo battito non rallenta.

«Liam?»

«Mmh?»

«Qual è il tuo vero cognome?»

«Taylor.»

Luna Eden Taylor.

7
Luna

«Calvin?»

È appoggiato alla facciata del mio palazzo, con un mazzo di rose rosse tra le braccia. Chiudo la portiera del taxi e cerco di nascondere il mio imbarazzo.

«Cosa ci fai qui?»

«Ti aspettavo» risponde, baciandomi sulla guancia.

«Ho corrotto la tua assistente per farmi dire a che ora saresti rientrata. Spero che non ti dia fastidio. Mi sei mancata, Lu.»

Lu. Aggrotto le sopracciglia, come se non avesse il diritto di usare quel soprannome. Liam è l'unico che mi chiama così. L'unico che ha il diritto di chiamarmi così. Nemmeno i miei amici mi chiamano Lu. Suona male con l'accento americano di Calvin. Ma mi sforzo di sorridere e lo invito a salire. Una volta in casa, metto giù la valigia, appoggio le rose sull'isola e ci verso due bicchieri d'acqua. Quando lo raggiungo sul divano, mi accorgo che non ha ancora smesso di sorridere.

«Volevo parlarti» dice, senza preamboli.

Eccoci. Mi siedo di fronte a lui, a disagio. Le mie dita stringono saldamente il bicchiere.

«Ormai ci frequentiamo da alcune settimane e credo che pensiamo entrambi che stia andando alla grande. Vero?»

Annuisco debolmente.

«Volevo aspettare il viaggio di questo fine settimana per parlartene, ma non sono mai stato un tipo paziente. Quindi, se tu sei d'accordo, vorrei rendere ufficiale la nostra relazione.»

Per poco non soffoco con la saliva. *Di che viaggio parla?*

«Il viaggio...»

«Nel Vermont. Mi hai detto di sì quando eravamo al ristorante.»

Ride, ma so di averlo ferito.

«Non devi rispondere subito. Voglio soltanto che tu sappia che non ho paura di impegnarmi con te.»

Sorrido educatamente, perché in questo momento non sono in grado di fare altro. Forse bere. Ingollo il contenuto del bicchiere senza respirare. Si sente il rumore fastidioso della mia deglutizione. Cosa devo fare? *Inizia mettendo giù il bicchiere, i tuoi organi sono idratati a sufficienza, poi valuta la possibilità di rispondere.*

«Lu» sussurra Calvin.

Di nuovo quel soprannome.

Cosa c'è di sbagliato in me? Calvin è fantastico. Quando non è chiuso in se stesso o nei suoi pensieri, ci divertiamo. Anche se non conosco tutta la sua storia, la sua compagnia è piacevole. È intelligente, composto, bello da morire. I capelli castano chiaro arruffati gli incorniciano alla perfezione il viso infantile. Emana gentilezza e pace interiore. Sembra essere libero da ogni trauma. Peccato che quando sono con lui non mi sudano le mani, il mio cuore non minaccia di fermarsi ogni volta che mi guarda e non perdo metà dei miei neuroni quando mi abbraccia. Non provo una passione travolgente per lui. Voglio davvero vivere la vita tranquilla che mi ispira?

«Non pensavo di scioccarti con questa proposta.» La voce di Calvin mi strappa dalle mie riflessioni.

«Eh?»

«Stai fissando il vuoto da diversi minuti.»

Inspiro lentamente.

«Calvin, il nostro rapporto è stato chiaro fin dall'inizio» esordisco. «Niente impegno, ricordi? Sai che non sto cercando una relazione seria. Non sono pronta.»

«Sì, lo so» farfuglia, «ma da qualche giorno

avevo l'impressione che volessi vedermi sempre più spesso, e poi hai accettato di venire in vacanza con me. Quindi mi sono fatto delle idee...»

Si passa una mano sulla mascella ben rasata.

«Mi piaci davvero, Luna, ma a volte non ti capisco. Un giorno mi sento come se fossi tutto ciò di cui hai bisogno e il giorno dopo mi ignori completamente.»

Ha ragione, non posso difendermi.

«Penso di aver bisogno di stare da sola. Sono troppo confusa, Calvin. Tutto quello che posso offrirti è la mia amicizia.»

Mentre il mio cervello mi urla di accettare la sua proposta, il mio cuore si congratula con me. Calvin è l'Acqua, ne sono convinta. È necessario e rinfrescante, e la mia Terra ne avrebbe bisogno. Ma Liam è il Fuoco. Distrugge tutto quello che incontra sul suo cammino, ti segna per la vita. Ed è quello che voglio. Voglio che mi dia fuoco. Anche se alla fine del nostro amore resteranno soltanto le ceneri, sarò orgogliosa di averlo vissuto.

«Va bene, posso prendermela soltanto con me stesso. Sapevo in cosa mi stavo cacciando» sospira, deluso. «Ma sappi che non vado da nessuna parte, Luna» mi sussurra contro la fronte. «Da nessuna parte.»

☽ ☽ ☽

Mi sento come se non vedessi Camille da una vita. Quindi, quando per una volta i nostri programmi coincidono, dobbiamo per forza passare una serata fra ragazze. Con *Good as Hell* di Lizzo che suona dagli altoparlanti, dondoliamo i fianchi a piedi nudi sul divano. Saltiamo, gridiamo, cantiamo tutte stonate… almeno Camille. Afferro la canna che mi porge con la mano destra, la porto alle labbra, inspiro e lascio che la cannabis mi scorra nelle vene. Con un bicchiere di vino nella mano sinistra, metto da parte i miei problemi per un secondo… solo un secondo, prima che le parole mi escano di bocca.

«Sono una troia.»

Il liquido bordeaux sgorga dal naso di Camille, che inizia a tossire violentemente.

«Che cavolo, Luna. Mi stavi facendo soffocare, come ti viene in mente di dire una cosa del genere?»

Salta giù dal divano per abbassare il volume degli altoparlanti, con gli occhi scuri che ridono, e sembra che stia dicendo: «Questa storia è troppo interessante per perdermela». Crollo di schianto sul divano e seppellisco la faccia in un cuscino, sperando di morire soffocata. È quello che mi merito.

«Mi servirà un po' di contesto, Lulù.»

Mi giro per sdraiarmi sulla schiena, gli occhi fissi al soffitto e le dita che stringono ancora saldamente il bicchiere.

«Finirò all'inferno, dove bruciano tutte le troie manipolatrici come me.»

Camille mi raggiunge sul divano e si mette le mie gambe sulle cosce.

«Non sarai sola» ridacchia. «Ti aspetterò lì.»

Lei sì che sa come calmarmi.

«Ok, vai avanti, ti ascolto, cara la mia troia. Sputa il rospo.»

«Ok, ma prima mi serve un po' di alcol.»

Mi appoggio sui gomiti e bevo tre grossi sorsi di vino. Accidenti, non è abbastanza forte.

«Se non cominci a parlare subito vado a prendere le tue Louboutin e ti graffio le suole rosse» mi minaccia Camille.

Ok. Non ho più scelta.

«Sono andata a letto con Liam a Seattle.»

«Finalmente!!!» strilla la mia migliore amica. «Com'è stato? Sei riuscita a tenerlo al guinzaglio? Aspetta, no, prima le cose importanti. Ti sei sentita abbastanza sicura da avere un orgasmo?»

Lascio in sospeso la risposta soltanto per il piacere di torturarla. Spazientita, Camille mi pizzica la coscia, facendomi scoppiare a ridere.

«Quattro! E meriterebbe un posto in un museo, Cam. Il sesso è stato sorprendente, meraviglioso.»

«Evviva!» esclama.

Scoppiamo a ridere.

«Qual è il problema allora?»

«Al mio ritorno a casa Calvin mi ha chiesto di ufficializzare la nostra relazione. Non ho chiuso quando avrei dovuto. Mi pento di averlo usato.»

Lei alza gli occhi al cielo.

«Luna, è un adulto. Gli hai detto che non volevi una relazione, ha accettato. Se si è fatto delle idee strane è un problema suo. Secondo me, quando una ragazza ti invita a passare la serata con due suoi amici è perché non è interessata. L'ultima volta l'hai fatto dormire sul divano. Sul divano» ripete, «dopo che ci avevamo mangiato la pizza. Si sarà grattato per tutta la notte. Lì avrebbe dovuto capire.»

Non ne posso più. Scoppio a ridere di nuovo, ma mi vergogno anche.

«E onestamente, mi pento di averti spinta tra le sue braccia. Prima mi sembrava più figo. Poi l'ho tollerato soltanto per te. Mi metteva a disagio.»

La sua confessione mi lascia senza parole.

«Perché non hai detto niente?»

«Perché sapevo che non aveva alcuna possibilità con te. Nessun ragazzo prenderà mai il posto di Liam nel tuo cuore. E la trovo una cosa bellissima. Digli la verità, Lulù. Se la prenderà con se stesso, ma capirà. E finalmente potrete voltare pagina. Se continuate così senza parlare dei vostri problemi, prima o poi le cose esploderanno.»

Appoggio il bicchiere sul pavimento e mi passo la mano sul viso.

«Gli ho detto la verità.»

Il vino le esce di nuovo dalle narici.

«Come, scusa?» strilla, presa da un altro attacco di tosse

Le spiego tutto. La serata a Seattle, quello che mi è sembrato di aver visto, i frammenti di verità raccontati a Liam. Certo, non ha capito che stavo parlando di lui, ma era da tempo che non mi sentivo così libera e leggera. E il giorno dopo, quando ha continuato a guardarmi con occhi luminosi, ho creduto di poter piangere di gioia. Non gli sono sembrata sporca e impura. Ero la stessa.

«Gli dirai mai tutta la verità?»

Scrollo le spalle.

«Così capirebbe perché non eri lì per loro e potreste ricominciare in modo sano. Spero di non provare mai nemmeno un quarto del dolore che deve aver provato lui quel giorno, ma avrebbe dovuto sapere che se non c'eri era per una valida ragione. Ti conosceva meglio di chiunque altro e sì, mi fa male ammetterlo. Ma ha scelto di credere che il mondo girasse intorno a lui, senza darti la possibilità di spiegarti.»

«Se dico a Liam che è stato Daniel, gli darà la caccia e lo ucciderà» dico, con la paura che mi annoda la gola. «E questo significa che quello che ho fatto non è servito a nulla. La sua vita sarà rovinata a causa mia.»

«Sarà colpa di Daniel, Luna. Non tua. E poi sarà una decisione di Liam se deciderà di dare la caccia a quel bastardo. Per una volta, voglio che tu scelga te stessa prima di lui. E forse in fondo Daniel se lo merita.»

Le lacrime mi pungono gli occhi. Come se le percepisse, Cam mi toglie le gambe dalle ginocchia e mi abbraccia, con il naso affondato nel mio collo. Stringo le braccia attorno alla sua vita.

«Andrà tutto bene. Avrai il tuo lieto fine» sussurra.

Annuisco soltanto perché se provassi a parlare crollerei.

«Aaaah, finalmente il mio sogno diventa realtà.»

Sussultiamo e voltiamo la testa verso la voce che ci ha appena procurato un mini-infarto. Travis è in piedi sulla soglia, con il duplicato delle nostre chiavi tra le dita. La sua pelle nera risplende alla luce, il sorriso gli arriva alle orecchie.

«Il concetto di bussare ti è davvero sconosciuto» ruggisce Camille.

L'idiota alza le sopracciglia.

«È per imbattermi in questo tipo di spettacolo che non busso. Lo fate spesso?»

Cam si alza e corre verso di lui per dargli una pacca sulla nuca. Con un movimento perfetto, Tee le prende il braccio e se lo posa sulla spalla.

«Ogni sera, quando mi infilo nel suo letto» scherza Camille.

«Se fossi arrivato dieci secondi dopo l'avresti trovata con la testa fra le mie cosce.»

Sa che sto scherzando, eppure spalanca gli occhi. *Ragazzi.* Con Cam ancora aggrappata alle spalle, Travis mi bacia sulla fronte per salutarmi. Poi iniziano la loro consueta danza. Litigano per delle sciocchezze. Appoggiata al divano, li guardo sorridendo, con una stretta al cuore.

Avremmo potuto essere io e Liam. Potremmo ancora esserlo. Affondo le unghie nel palmo della mano per trattenere le lacrime.

Poi il mio telefono squilla.

Numero sconosciuto.

Le parole di Cam risuonano nella mia testa. *Avrai il tuo lieto fine.* Per questo mi dirigo verso il terrazzino, chiudo la porta a vetri e rispondo.

«Che vuoi?» sbotto.

Il silenzio all'altro capo della linea è agghiacciante.

«Buonasera, Luna» dice, dopo qualche secondo.

Il mio battito accelera, riportandomi in quei maledetti spogliatoi. Sola e spaventata.

«Che vuoi?» ripeto, con voce falsamente aspra.

«Ho bisogno di vederti.»

Le mie dita si stringono attorno al cellulare. Vorrei avere la forza di schiacciarlo. Qualunque cosa pur di non sentire più la sua voce sadica.

«La cosa non è reciproca.»

Daniel ridacchia piano.

«Non hai scelta» sibila. «Ti prometto che non vorrai perderti l'incontro.»

Barcollo leggermente sui talloni, la mia vista si offusca.

«Cosa vuoi da me?»

«Sarò in città tra una settimana» dice, ignorando la mia domanda. «Dobbiamo parlare. E ovviamente tieni questa conversazione per te» mi minaccia. «Non ti conviene farmi arrabbiare.»

Poi riattacca. Devo premermi una mano sulla bocca per evitare che il vino mi risalga in gola e le lacrime mi righino le guance.

Sussulto quando una mano si posa sulla mia spalla.

«Tutto bene, Luna Park?» chiede Tee, con le sopracciglia aggrottate.

Tendo i muscoli per nascondere il tremito e annuisco.

Rimango in silenzio, perché la mia decisione è presa. Voglio il mio lieto fine con Liam.

Ed è ora di andare a prendermelo.

8

Luna

♪ *Weightless* - Adam French

Il giorno successivo, con un nodo allo stomaco e i postumi della sbornia, torno in studio per la settima settimana di registrazione dell'album di Orchid. Ho due ore di sonno perché ho passato una parte della nottata a elaborare un piano per liberarmi di Daniel, e già la serata con i miei amici era andata per le lunghe. Ho cercato di non far trasparire nulla. Sono diventata così brava a mentire che non si sono accorti di niente. *Ti prometto che non vorrai perderti l'incontro.*

Sono stanca di essere una vittima. Daniel deve pagare.

Prima di aprire la porta dello studio, mi riempio d'aria i polmoni, mi piazzo sulle labbra un sorriso che cerca di essere sincero e spingo la porta. Vengo accolta da una Orchid tutta contenta e da Liam. Il mio corpo reagisce all'istante. È la prima volta che lo rivedo dal nostro viaggio a Seattle di cinque giorni fa, perché nel frattempo è stato a Miami con Sophy. La ragazza che prova dei sentimenti per lui. La vile manipolatrice. Ci siamo sentiti tutti i giorni per parlare del più e del meno, tranne ieri sera. Fra l'alcol, la paura e la gelosia, non ho risposto ai suoi messaggi, il che l'ha spinto a chiamarmi. Ma non avevo la forza di sentire la sua voce. Alla fine, ho ricevuto un: «Dimmi almeno se va tutto bene». Non ho detto niente perché non volevo mentire.

Quando i suoi occhi si posano su di me, vedo un misto di preoccupazione e calma.

«Ho avuto una rivelazione nel sonno!» esordisce Orchid. «Penso che in *Down* dovremmo sostituire il piano con la chitarra.»

«Ti capita spesso di avere questo genere di rivelazioni?» ride Marley, il tecnico del suono.

«Sì! Ma voglio anche provare qualcosa di nuovo. Che ne pensate?» dice, guardando me e Liam.

«Provare non costa nulla» risponde Liam. «In fondo sei tu l'artista. Se non funziona torniamo alla versione originale.»

«Grazie!» si entusiasma lei. «L'idea mi è venuta quando mi hai raccontato che da bambino suonavi la chitarra. Vuoi suonare con me?»

Perché glielo ha detto?

«Vuoi che Liam suoni con te?» chiedo febbrilmente.

«Sì, non ho mai imparato a suonare la chitarra.»

Il sangue di Liam defluisce dal suo volto. Nessuno sa quanto sia sensibile il tema per lui. Avevo sperato che negli anni avesse risolto il problema, ma la sua reazione mi dice che non è cambiato niente. Marley e Orchid sono così presi dal loro mondo che non si accorgono del suo cambio di espressione. Ne approfitto per intervenire: «Ti troverò un altro musicista, nel frattempo possiamo migliorare la strofa di *My Weakness*».

Lancio un'occhiata a Liam, che sta ancora fissando il vuoto.

«Vorrei farmi un'idea generale per capire se sto andando nella direzione giusta, capisci? Non importa se non è perfetta» aggiunge, rivolta a Liam. «Ci stai?»

«No» rispondo, ad alta voce. «Abbiamo un programma da rispettare. E Liam, faresti meglio ad andartene. Tutta questa faccenda ci sta provocando dei ritardi.»

Orchid sta per lamentarsi quando una voce dice: «Va bene».

Mi giro verso di lui, completamente sbalordita.

«Liam, non sei obbligato» sussurro, in modo che solo lui possa sentirmi.

«Andrà tutto bene, Lu.»

Riesco a vedere il momento in cui indossa la maschera di uomo sicuro di sé e arrogante, ma percepisco ancora la fragilità latente. Perché si sta facendo questo?

Orchid, tutta felice, salta a destra e a sinistra, mentre Liam cammina come un robot verso la cabina di registrazione.

Si siede, prende la Fender e si mette le cuffie in testa. Lo guardo studiare lo spartito che gli ha dato Orchid. Da quando ha preso in mano la chitarra la sua fiducia è scomparsa. Il suo corpo è teso, le spalle curve. Se lo toccassi rischierei di spezzarlo. È a disagio, deglutisce più volte mentre cerca di trovare una posizione comoda sullo sgabello, ma sappiamo entrambi che non la troverà. I suoi occhi non mi cercano. Resta a testa bassa, concentrato. La mia ansia aumenta quando le sue dita sfiorano le corde della chitarra. Di riflesso, mi mordo la pelle del pollice per calmarmi. E in quel momento realizzo che questa è la prima volta che lo sentirò suonare. Inizio a tremare per l'ansia e mi aggrappo alla spalla di Marley.

«Ahia, Luna! Ti senti bene? Mi stai strizzando il braccio. Respira. Sento le tue vibrazioni negative.»

«Se siete pronti, partiamo» dice il produttore.

Liam annuisce e per un secondo i nostri sguardi si incrociano. Gli faccio un lieve cenno con la testa per rassicurarlo, ma dentro di me si sta scatenando il caos. Poi lui inspira e i primi accordi della chitarra riempiono la cabina. Le sue dita stuzzicano le corde, accarezzandole. Più suona, più ritorna la persona che conosciamo. Forte, imperturbabile. Poi arriva la voce di Orchid. I due strumenti si sposano alla perfezione. Si realizza una comunione unica. A guardare Liam, si direbbe che si stia divertendo. Forse si riconcilierà con questo strumento e troverà la pace di cui ha bisogno.

È solo quando una lacrima mi cade sulla mano che mi rendo conto di star piangendo. Soffro per lui. Vedo quello che si nasconde sotto la superficie. Il bambino spaventato e indifeso. E la visione mi fa contorcere le viscere. Devo fare uno sforzo per non corrergli incontro, prenderlo tra le braccia e dirgli che non doveva farlo, che poteva rifiutare.

«Siete stati così meravigliosi che Luna si è commossa» mi prende in giro Marley.

Non mi ero nemmeno accorta che la canzone era finita. Mi costringo a sorridere e mi asciugo le lacrime con discrezione. Quando incrocio lo sguardo di Liam, la sua emozione è evidente. Mette giù la chitarra e corre fuori dallo studio. Orchid, Marley e il produttore mi guardano come se avessi tutte le risposte.

«Vado» mi limito a dire.

♪ Con il cuore che batte all'impazzata, mi avventuro nel corridoio alla sua ricerca. E lo trovo con i palmi premuti contro il muro e la testa china. L'unico suono è il suo respiro pesante. La sua sofferenza mi fa stringere il cuore. L'ultima volta che l'ho visto così vulnerabile è stato il giorno in cui la nostra relazione è finita. Assistere all'agonia di un uomo così sicuro di sé mi fa sentire impotente. Ma quando comincia a tremare e gli sfugge un singhiozzo gli poso una mano sull'avambraccio. Liam geme e si allontana da me.

Ha la fronte sudata e gli occhi iniettati di sangue. Sembra stanco, devastato, come se stesse rivivendo i momenti in cui si è sentito più debole nella sua vita. La sua rabbia non è diretta verso di me. Ce l'ha con la sua storia, con l'ingiustizia che ha subìto, con la sua incapacità di agire. Non vuole che lo veda in questo stato. Avvilito. Debole. Ma non sarei io se lo abbandonassi quando ha più bisogno di me. Potrei voltargli le spalle, andarmene, lasciare che i demoni che ha dentro prendano il sopravvento, ma non è da me. Lo conosco meglio di chiunque altro. Siamo una sola cosa. Due anime ferite alla ricerca di una speranza perduta da tempo. Allora mi avvicino lentamente e gli metto una mano sulla guancia e l'altra sul cuore.

«Mi serve un minuto. Da solo.»

La sua voce è un sussurro. Ma i suoi occhi mi gridano di restare. Quindi gli avvolgo le braccia intorno alla vita, annido la testa nell'incavo del suo collo e lo tengo stretto. Metto tutte le mie parole in questo abbraccio. Lo prego di lottare, di non lasciarsi sopraffare. Come se mi avesse sentita, inizia a scuotere la testa.

Poiché non mi muovo, aggiunge: «Come ci riesci? Come fai a sapere sempre quando ho bisogno di te?».

Appoggia la fronte alla mia.

«Un tempo condividevamo lo stesso cuore, ricordi?»

Nonostante il nostro passato, rimane la persona che mi è stata accanto in un periodo importante della mia vita. E il vuoto che ha lasciato nel mio cuore non è mai stato riempito. L'unica persona capace di farlo è lui.

«Non posso suonare di nuovo.»

Il mio cuore si spezza alla sua supplica.

«Troverò qualcun altro. Te lo prometto.»

Le sue mani ghiacciate, come prive di sangue, arrivano a intrappolarmi il viso. I nostri respiri si mescolano, insieme ai nostri sguardi. Il mio cuore riprende a battere forte, perché il modo in cui mi guarda mi sconcerta. Mi sento febbricitante, nuda. Alcuni giorni mette tutta la sua energia nel respingermi, anche se i suoi occhi sono così espressivi quando mi guardano. Devo ascoltare il suo sguardo o fidarmi delle sue azioni? Si dice che le azioni contano più delle parole, e probabilmente è vero. Ma il detto non tiene conto di come comportarsi con degli occhi verde smeraldo che gridano il contrario. Nelle sue iridi mi sembra di essere la cosa più bella del mondo, la più desiderabile. *La più amata.*

«Mi sembra di stare impazzendo.»

«Perché dici così?»

«Da quando sei arrivata sono andato in tilt. Mi sta tornando in mente tutto, tu, noi, ma non posso, Lu. Gliel'ho promesso. Non voglio deluderla di nuovo. Non posso.»

La sua voce si incrina alla fine della frase.

«Liam, non capisco.»

Senza rispondere, mi bacia. Un bacio lento e profondo. Un bacio pieno di tenerezza, sofferenza, disperazione. Mi spinge contro il muro, senza interrompere il contatto. Un allarme risuona nella mia testa. Dovrei allontanarlo, perché sembra essere in preda a una battaglia interiore che non riesco a comprendere, ma sono troppo attratta da lui. Un ruggito gli sfugge dalla gola mentre gemo contro la sua bocca. Anche se non è un bacio sensuale, siamo senza fiato. Niente di ciò che facciamo sembra abbastanza. Niente potrà mai placare la nostra sete. È troppo bello.

«Non potrei mai accontentarmi di una sola notte, Luna» sussurra contro le mie labbra. «Dimmelo. Dimmi che non sono l'unico a essere impazzito, che lo senti anche tu.»

Mi prende la mano e se la mette sul cuore, che batte in perfetta sincronia con il mio.

«Oh cavolo, scusate.»

Marley ci ha appena sorpresi e scappa via come un coniglio. Ci separiamo con riluttanza, con il fiato corto, le labbra gonfie dei nostri baci. Ci fissiamo per un istante, poi Liam gira i tacchi e si precipita nell'ascensore più lontano. Lo guardo andare via senza cercare di trattenerlo, perché so che un giorno tornerà da me.

Arrivo a casa alle tre del mattino. Mi trascino in cucina per cercare qualcosa con cui fare uno spuntino. Prendo la confezione di cereali di Camille e li divoro senza latte. Con i gomiti appoggiati sull'isola della cucina, faccio partire un episodio di *Friends* in televisione proprio mentre il nome di Liam appare sullo schermo del mio cellulare. Non parla subito, all'inizio è soltanto il suono del suo respiro a cullarci. Dopo qualche secondo, rompe il silenzio.

«Grazie» sussurra.

Non gli chiedo di cosa sta parlando. Lo so.

«Stai meglio?» domando invece.

«No» sussurra.

«Dove sei?»

Silenzio.

«In macchina… sotto casa tua.»

Con il cuore a mille, mi dirigo verso la vetrata e vedo la sua BMW parcheggiata sul lato della strada di fronte all'edificio. Non lo vedo, distinguo a malapena un'ombra nell'abitacolo.

«Sali. Camille è da Tee.»

«No, io… puoi farmi un favore?»

«Certo.»

«Possiamo far finta di essere di nuovo sulla mia amaca? Solo per stasera.»

La sua supplica mi smuove qualcosa dentro.

«Va bene.»

Mi siedo sul davanzale della finestra.

«Chiudi gli occhi» comincio, a bassa voce. «Immaginami rannicchiata contro il tuo petto, abbiamo ognuno un auricolare nell'orecchio. La musica ci culla, tu mi accarezzi la schiena e io gioco con i capelli che ti cadono sulla fronte.»

«Mi piace quando lo fai» sussurra.

«Lo so.»

Ridacchia e lo vedo cambiare posizione in macchina.

«E poi» continua, «comincia a piovere e finiamo la serata guardando *Friends* nel mio letto».

«È quello che stavo guardando prima che chiamassi.»

«Sai qual è la mia cosa preferita? Guardare te che guardi *Friends*. Mi piace come arricci il naso e ripeti tutti i dialoghi. Adoro vederti ridere a crepapelle come se guardassi ogni episodio per la prima volta. Adoro quando ti addormenti con la mano sul mio cuore. E mi manca ogni giorno, Luna. Mi manca la mia migliore amica. Mi manchi. A volte, quando mi sveglio e mi rendo conto che non sarai mai più al mio fianco, mi manca l'aria. Mi sento soffocare.»

Ogni sua parola è una pugnalata.

«Liam… non puoi dirmi così» rispondo, soffocando un singhiozzo.

«Sì, cuore mio. Siamo sull'amaca, ricordi? Questo è il nostro rifugio.»

«Dillo ancora. Mi piace quando mi chiami così.»

Mi porto le ginocchia al petto, lo sguardo fisso sulla sua macchina.

«Cuore mio» ripete, e mi sembra di sentire il sorriso nella sua voce.

«Sai perché ti chiamo così?»

«No» ammetto.

«Perché quando ti sei allontanata da me al liceo mi è sembrato che me l'avessi strappato. Ed è stato allora che ho capito che apparteneva a te. Ho capito che eri proprio questo. Il mio cuore. Quello che mi teneva in vita e mi impediva di crollare. Eri tutto per me, Luna.»

Una lacrima mi scivola lungo la guancia e atterra sulle mie ginocchia.

«Liam…»

«Grazie per stasera.»

E riattacca.

Poi sento stridere le gomme e ho la sensazione che un peso immenso mi stia soffocando.

«Mi manchi anche tu» sussurro fra me.

9
Luna

Luna 16 anni - Liam 17 anni e mezzo

♪ *I Guess I'm in Love* - Clinton Kane

2 gennaio

♪ Caro diario,

ti starai chiedendo perché ti prendo in mano soltanto ora, dopo che sei rimasto in un cassetto da quando ti ho ricevuto in dono da Charlie. A essere onesta, non lo so. Forse perché preferisco disegnare le mie riflessioni invece di scriverle, forse perché avevo Liam. Potevo raccontargli i miei pensieri più segreti, le mie paure più nascoste. Non ti preoccupare, non è morto. Ma è l'unico con cui ho paura di ammettere quello che sto per dirti, e anche il solo a cui muoio dalla voglia di dirlo. SONO INNAMORATA DI LIAM. No, inutile fingere di scandalizzarsi, a quanto pare, lo sanno tutti tranne lui. Chissà perché i maschi sono così ciechi.

Stamattina ho avuto un'illuminazione. Ha il

diritto di sapere che lo amo. Non possiamo andare avanti così. Tra nove mesi partirà per il college a New York e non ci vedremo più tutti i giorni, solo perché il destino ha voluto che nascesse due anni prima di me. Se non ricambia i miei sentimenti, conterò i giorni finché non se ne andrà e poi mi abbandonerò al dolore.

Secondo te si può morire di mal d'amore? Un cuore può spezzarsi al punto da smettere di battere?

Spero proprio di no.

L.E.C.

5 gennaio

Caro diario,

stamattina ho infilato un biglietto nell'armadietto di Liam che diceva: VUOI USCIRE CON ME? SE SÌ: SORRIDI, SE NO: FAI UN MOONWALK.

Ho pensato che confessargli i miei sentimenti in modo simpatico fosse una buona strategia. Il mio armadietto è a pochi metri dal suo. Quando l'ho visto aprire il biglietto mi sono sentita morire. Mi sembrava di non avere più una goccia di liquido in tutto il corpo. Lo ha letto. Ha spalancato gli occhi e si è girato verso di me. Avevo il cuore in gola a ogni passo che faceva. Era così bello con i capelli all'indietro. Non respiravo più, avevo dimenticato come usare i polmoni. Non c'era nulla sul suo viso che facesse prevedere la risposta. Ero confusa. Una volta davanti a me, però, ha sorriso. Il sorriso che gli fa venire le fossette. Ho ripreso a respirare. Mi ha chiesto cosa significasse quel mio invito. Ovviamente me lo aspettavo, ma sono andata comunque nel panico. Ho farfugliato qualcosa di incomprensibile e alla fine gli ho detto che volevo che venisse al ballo di fine anno con me. IL CAZZO DI BALLO! Il suo sorriso è svanito. Mi è sembrato di veder balenare un'espressione triste nei suoi occhi. Volevo morire, uccisa dalla mia stupidità. Me lo meritavo. Comunque, ha accettato di accompagnarmi. Mi vergogno, sono una perdente.

L.E.C.

8 gennaio

Caro diario,

ho di nuovo rovinato tutto. Stasera c'è stata una festa a casa di Tee. Ero emozionata, sicura del mio piano. Ogni giorno mi uccide un po' di più stargli vicino senza baciarlo. E tutte le ragazze che gli ronzano intorno saranno la mia rovina. Una condanna al carcere non farebbe una bella figura sul mio curriculum per l'università. E poi mio padre mi ucciderebbe. In definitiva, sarebbe un bagno di sangue. Ma sto perdendo il filo (è l'alcol).

Mi ha trovata bellissima. Gliel'ho letto negli occhi, l'ho capito dal modo in cui mi guardava quando pensava che non lo vedessi. Le sue iridi verde intenso sono diventate quasi trasparenti quando si sono posate su di me. Eravamo appoggiati al muro vicino alla pista da ballo. La musica era così assordante che dovevamo gridare per sentirci.

Avevo già bevuto due bicchieri di una bevanda non identificata, così mi sono fatta coraggio e gli ho detto: SONO INNAMORATA DI TE. Lui mi ha guardata confuso, con le sopracciglia aggrottate. Si è avvicinato al mio orecchio, mi ha messo una mano sulla parte bassa della schiena e mi ha chiesto di ripetere. E lì sono andata nel pallone. Non riuscivo nemmeno più a sentire la musica. È stato pazzesco. Allarmante. Sarei voluta scomparire dalla faccia della Terra. Allora gli ho detto: VUOI BALLARE CON ME? Lui si è tirato indietro e mi ha guardata negli occhi. Ho visto sul suo volto un'emozione che non riuscivo a decifrare, o forse erano le lacrime che cominciavano a offuscarmi la vista che mi impedivano di capire. Liam mi ha portata sulla pista da ballo. Era un lento. Mi ha abbracciata. Stretta. Il mio cuore batteva fortissimo. Il suo era calmo, regolare, come se volesse fermarsi.

L.E.C.

10 gennaio

Caro diario,

rieccoci, la mia vita fa schifo!

Stasera ho provato una cosa. Il mio ultimo tentativo, perché ormai sono all'umiliazione totale. Forse non siamo destinati a stare insieme? No, mi rifiuto di crederci. Luna Eden Collins non è una codarda. Devo dirglielo, perché qualcosa si inizia a notare. Si è accorto che qualcosa non va. Mentre scrivo, Liam è a giocare una partita di basket in una città qui vicino. Quando aprirà il borsone troverà un fumetto disegnato da me che ripercorre il nostro viaggio da quando è entrato nella mia vita. Il nostro incontro sull'albero, le nostre serate sull'amaca, le uscite al luna park, sul campo da basket, Hendrix e i Quattro Elementi... tutti i passi della nostra storia. Mi ci è voluta una settimana per finirlo. Quando arriverà all'ultima pagina, mi vedrà abbracciarlo, proprio qui nella mia stanza, alla fine della sua partita di basket, e dirgli: «Ti amo».

Stavolta non si può tornare indietro.

Sono seduta sul letto, con la schiena appoggiata al muro e la coperta tirata fino al mento, e guardo sul computer un film con protagonista un'adolescente inseguita da un malato di mente. Ogni tanto vado su Twitter per aggiornarmi sul punteggio della partita di Liam. Circolano un mucchio di video e fotomontaggi realizzati da ragazze che darebbero qualsiasi cosa per essere la palla tra le sue mani. Che finezza, ragazze!

Non riesco più a stare ferma, la mia gamba si muove da sola, il mio cuore batte a casaccio. Non dovrebbe mancare molto ormai. Dopo ogni partita in trasferta a cui non partecipo, Liam viene da me invece di festeggiare con i suoi compagni di squadra. Nonostante le mie proteste, sostiene che preferisce di gran lunga celebrare con me le sue vittorie. Come si fa a non amarlo?

La mia porta si apre qualche minuto dopo.

È Liam.

Pulito, bellissimo. Indossa una maglietta bianca e dei jeans scuri. Si toglie le scarpe e si lancia verso di me con tale forza da costringermi a sdraiarmi sul letto. Mi ricopre di baci sulla guancia, sulla fronte e sulla clavicola. Il cuore mi batte forte. È il suo modo di dirmi che ha visto la vignetta e anche lui mi ama? Mi rifiuto di affrontare l'argomento per prima, ma sentirlo tacere mi angoscia. Ridacchio al contatto con le sue labbra fredde, poi lui si allontana, si siede sul bordo del letto e inizia a mangiare dalla mia ciotola di popcorn. A che gioco sta giocando? Forse non l'ha vista. Possibile che mi sia dimenticata di infilargli il foglio in borsa? Diamine, questa storia deve finire, perché sto perdendo il senno.

«Mi sei mancata» dice alla fine.

Comincia a raccontarmi i dettagli della partita. Le sue azioni, le urla di coach Fiennes, la vittoria e le battute stupide del viaggio di ritorno. Parla, parla. Di tutto. Tranne di quello che mi interessa. *Dimmi che l'hai visto, Liam.*

«Ne hai altri?» mi chiede, con lo sguardo rivolto allo schermo del mio computer.

Sì, perché durante il suo monologo è riuscito a mangiarsi tutti i miei popcorn. Spingo via la coperta, sopraffatta dal caldo e dalla delusione. Mi ero immaginata questa serata molto diversamente. Lo raggiungo sul bordo del letto e metto i piedi a terra. Quando si accorge che lo sto fissando, Liam mi fa scivolare la mano dietro il collo per darmi un bacio sulla fronte.

«Sei molto silenziosa stasera, Piccola Luna. Tutto bene?»

«Non hai niente da dirmi?»

Sorpreso dal mio tono, Liam mette in pausa il film e si gira verso di me.

«A che proposito?»

«Non hai trovato niente nella borsa?»

«Sì.»

Sì? E questo è tutto? Mi ha risposto come se gli avessi chiesto se volesse un bicchiere d'acqua per mandare giù il mezzo chilo di popcorn che si è sbafato. Sono furiosa. Vorrei che soffocasse con un chicco di popcorn. Nessuno è in grado di provocarmi un mix di emozioni contrastanti come Liam. Quando mi guarda mi fa sentire bella e forte, ma a volte quando sono con lui mi sembra che tutta la mia autostima evapori.

«Sì?» ripeto, come un pappagallo.

«Sì, ho visto il tuo fumetto. Sto aspettando di vedere quale scusa inventerai stavolta.»

«Una scusa?»

Si passa una mano tra i capelli che gli arrivano alle spalle. Il suo viso è cambiato tantissimo nel corso degli anni. È diventato più muscoloso, anche le spalle sono più massicce. Ormai ho di fronte un uomo.

«Che cosa hai detto?»

Liam fa un respiro profondo e mi sembra di sentire il ticchettio di una bomba nascosta fra noi.

«Luna, lo so che il biglietto che mi hai lasciato non era per invitarmi al ballo, perché sapevi da secoli che sarei stato il tuo cavaliere. Che senso aveva chiedermelo? Sarei venuto con te anche se fossi stato ancora fidanzato con Nausicaa. E poi so leggere il labiale. Almeno il tuo.»

I suoi occhi indugiano sulla mia bocca per un lungo istante. Deglutisco. Mi sento quasi accarezzata dal suo sguardo.

«Perché non mi hai detto niente?»

Mi sistema una ciocca dietro l'orecchio.

«Voglio che tu sia sicura, Luna. Ogni volta che mi dicevi cosa provi per me, la folle speranza che suscitavi in me minacciava di distruggermi quando ti voltavi per andartene. Quindi, quando sarai davvero pronta a dirmelo, sii sicura di te stessa, così anch'io potrò finalmente dirti che sono follemente innamorato di te.»

Apro la bocca per parlare, ma le parole mi sembrano troppo pesanti per la mia lingua. Mi restano in gola. Sento i fuochi d'artificio esplodermi dentro. Senza più esitare, appoggio le labbra sulle sue. Lui mi prende il viso tra le mani e mi fa scivolare la lingua in bocca. Sospiriamo entrambi come se stessimo respirando per la prima volta. La sua bocca è morbida, incredibile. Dio, lo amo.

«Ti amo, Liam.»

«Ripetilo» respira lui contro la mia bocca.

«Ti amo.»

Mi fa sdraiare sul letto e si infila tra le mie cosce. Continuiamo a baciarci. Ci esploriamo. Ci gustiamo. Ci cerchiamo. Ci amiamo.

«Dillo di nuovo.»

«Ti amo, ti amo.»

Lascia le mie labbra per guardarmi con i suoi stupendi occhi verdi. Mi contempla come se fossi l'ottava meraviglia del mondo. Con gli occhi scintillanti e le guance rosse.

«Ti amo, Luna.»

Sono così felice di sentirglielo dire che mi viene da piangere. Due piccole parole che hanno cambiato tutto. È solo quando le sue labbra baciano le lacrime che si accumulano agli angoli dei miei occhi che mi rendo conto che sto piangendo davvero. *Di gioia*. Lo desidero da quando avevo dieci anni e so che lo terrò con me per sempre.

«Fino alla luna.»

«Sono solo 384.400 km» rido contro la sua bocca.

Smette di baciarmi, uno sguardo perplesso sul viso.

«Non voglio sapere come fai a conoscere il numero esatto.»

Mi bacia la punta del naso.

«In questo caso, comunque, ti amo da qui alla luna, andata e ritorno, e poi fino all'infinito» aggiunge. «Ti amo ogni volta che il mio cuore batte.»

«Mi va bene.» Sorrido. «Ti voglio da così tanto tempo. Non voglio perdere un altro secondo.»

Il mio cuore si gonfia, pronto a esplodere di felicità.

«*Ad vitam æternam*.»

Ci baciamo per tutta la notte, finché non ci fanno male le labbra. E nel frattempo tengo gli occhi aperti, per paura di addormentarmi e scoprire che era tutto un sogno.

10
Liam

♪ *Watch Me Burn* - Michele Morrone

È domenica sera e il loft di Matteo è strapieno di gente. Con un bicchiere di whisky in mano, mi siedo al bancone della cucina, l'unica stanza in cui ancora si respira, e osservo le persone intorno a me. La musica fa vibrare le pareti. Il soggiorno che funge da pista da ballo è gremito. Ragazze seminude ballano al ritmo di una melodia rap, coppie di lunga data o appena conosciute si palpeggiano in ogni angolo. Fuori la gente gioca al biliardo che Matt ha installato per la serata. È il suo ventiseiesimo compleanno e chiaramente non ha voluto farsi mancare nulla. L'alcol scorre a fiumi e il flusso di persone non accenna a diminuire. L'odore della cannabis riempie l'aria, mescolato a quello del sudore e dei profumi. Sono passate le dieci e il mio piccolo demone non si è ancora fatto vedere. Peccato, perché non vedo l'ora. Ieri sera, in un momento di debolezza, sono corso a casa sua. Ero ancora troppo turbato per affrontarla, ma mi ha tirato su di morale. E ho capito che le apparterrò per sempre, anima e corpo. Devo dirglielo. Stasera.

Arriva alle dieci e mezza. Finalmente. Tanto per cambiare, è meravigliosa. I capelli lunghi le ricadono liberi sulla schiena. Si è truccata pochissimo, il che lascia intravedere le lentiggini sul naso. Il suo vestito mi porta vicino all'arresto cardiaco. Un mini-abito impreziosito da una cintura che le mette in risalto la vita, e un paio di stivali con il tacco alti fino alla coscia. Maledetti stivali alti. Maledico la divinità che sta cercando di mettermi alla prova. Al momento le immagini che mi attraversano la mente non hanno nulla di cattolico. Le porte del paradiso si chiudono ogni volta che penso a Luna. Non che pensi di poter aspirare a un posto lassù. A essere sincero, c'è una buona possibilità che muoia bruciato se ci metto piede.

«Hai scoperto qualcosa dal suo telefono?» sussurro all'orecchio di Matt.

All'inizio pensavamo che non avrebbe cliccato sul link. Luna e le sue paranoie.

«I dati arrivano sul mio computer, ma non ho ancora avuto il tempo di guardare.»

Deve essersi accorto del mio sguardo irritato, perché dice subito: «Amico, la mia principessa ha preso la varicella. Ed è dovuta stare con me perché sua madre non l'ha mai avuta. Ero sopraffatto. E mi chiedeva sempre del suo padrino».

Mi sento stupido a essere stato così egoista.

«Mi dispiace, ma questa storia mi sta facendo impazzire. Il mio angioletto sta meglio? La chiamo domani. Promesso.»

Lui annuisce e mi dà una gomitata per avvisarmi che il tornado Luna si sta dirigendo verso di noi, sorridendo. Quanto al mio sorriso, svanisce quando vedo Calvin seguirla come un cagnolino. Non ci credo, l'ha portato. Man mano che si avvicina a noi, le sue iridi scivolano sul mio naso come una carezza, per finire il loro percorso sulle mie labbra, dove lasciano una sensazione di calore. Le inumidisco istintivamente e la vedo subito sorridere. Quando mi guarda così mi viene voglia di tirare giù la luna per lei. Senza giochi di parole.

«Rapunzel» dice Matteo, abbracciandola. «Pensavo che mi avessi dato buca.»

«Eh sì, mi sembrava di avere qualcosa da fare, ma non ricordavo cosa di preciso, quindi mi sono detta che non era importante. Ma poi *sbem*, come per magia, mi è tornato in mente. Meglio tardi che mai.»

«Ahah, fammi sapere le date del suo spettacolo, così posso morire in quel giorno specifico.»

Lei alza il dito medio prima di abbracciarlo.

«Buon compleanno, Matty. Spero di esserci per i prossimi.»

«Faresti meglio. Grazie, Luna.»

«Luna?» chiede, rompendo l'abbraccio. «Non mi ami più?»

Fa una faccia triste.

«Cavolo, sei proprio una piaga» risponde lui, pizzicandole il naso.

La mia ragazza scoppia a ridere forte, ma uno schiarimento di gola rovina l'atmosfera. I due si voltano verso il cagnolino, che sta fermo lì come una pianta in vaso.

«Ehm, Calvin, questo è Matteo. Matteo, Calvin.»

«Il suo ragazzo» aggiunge.

Il mio cuore manca un battito mentre la mascella di Luna si contrae. Mi guarda, come per giudicare la mia reazione. Riesco a mantenere un'espressione neutrale, anche se mi si stanno annodando le viscere e ho la nausea. Davvero sta con questo tizio? Da quando? E perché lo scopro in questo modo? Come se condividessimo lo stesso cervello, gli occhi di Luna indugiano su di me. Sento che sta cercando di dirmi qualcosa, ma il cuore mi batte troppo forte e mi impedisce di capire. Sembra sconvolta. Accidenti, sono perduto.

«Allora sei tu quello che le fa squillare il telefono tutto il giorno?» chiede l'altro.

Il sottinteso è palese. Credo che lo avrebbe sentito anche un sordo nelle profondità del Sahara.

«Colpevole» dice Matt.

Alzo gli occhi al cielo. Potrei andarmene per non dover più sopportare questa conversazione, ma suppongo che il sadico che è in me ami soffrire.

«Ora che hai un anno in più, pensi che diventerai un po' meno stupido o non ci provi nemmeno?» lo prende in giro Luna.

La sua battuta mi strappa un sorriso.

«Quando tu sarai meno fastidiosa, io sarò meno idiota. Ma sappiamo entrambi che non accadrà mai, bionda.»

Non potendo trattenermi oltre, scoppio a ridere. Luna è davvero una rompiscatole, in effetti. E ora tutti sembrano ricordarsi della mia presenza. Matt mi dà un pugno sulla spalla, Luna sorride e Calvin mi fissa come se avessi la lebbra.

«Calvin, ti ricordi di Liam Davis, il mio capo?»

«Certo, tutto bene, amico?» dice tendendomi la mano.

Amico? Nemmeno avessimo fatto la doccia insieme da bambini. Non gli stringo la mano e rispondo con un cenno del mento. Di fronte a noi, Luna aggrotta la fronte, visibilmente scontenta del mio comportamento. Come al solito portiamo avanti una conversazione silenziosa, mentre il suo cagnolino si mette a raccontare qualcosa a Matt. Le chiedo con gli occhi: «A che gioco stai giocando?». E lei risponde: «Non è come pensi». Alzo gli occhi al cielo. Per tutta risposta, Luna mi fissa e si porta il bicchiere alle labbra. Una goccia le sfugge e si passa la lingua sulle labbra in un gesto di pura grazia. La peste si mordicchia il labbro, poi mi fa un cenno discreto della testa per dirmi di seguirla.

Sto per obbedire quando Calvin la trascina verso la pista da ballo, e la parvenza di calma che regnava dentro di me si trasforma in furia. La fa volteggiare, la inclina su un piede e, nonostante la musica, la sua risata cristallina esplode. Matt, che non si perde un istante dello spettacolo, scuote la testa da destra a sinistra.

Poi si sporge verso di me: «Vuoi davvero lasciare che quel tizio si prenda la tua donna?».

No!

Come se il mio corpo avesse ricevuto una scossa elettrica, poso il bicchiere, scendo dal bancone e mi precipito verso la ragazza a cui appartengo da anni. Mi dà le spalle. La afferro per la vita e me la metto in spalla come un sacco di patate, senza dimenticare di metterle una mano sotto il sedere per nasconderle le mutande.

Il suo gridolino di sorpresa è una delizia per le mie orecchie, ma è lo sguardo omicida di Porridge che mi fa sorridere.

«Mettimi giù, Liam» impreca, colpendomi la schiena con i pugni, mentre sento le vibrazioni della sua risata contro la mia spalla.

«Fermati, ti slogherai qualcosa.»

Mi mordo l'interno delle guance per trattenermi dal ridere. Sulla strada verso l'uscita, incrocio lo sguardo di Matt, che reprime un sorriso, con l'aria di volermi dire che questa ragazza mi farà morire. E non posso che essere d'accordo. Mi avvio verso l'uscita per trovarci un angolo tranquillo.

«Amico, che stai facendo?» ringhia Calvin dietro di me.

Mi giro, facendo sghignazzare Luna per il movimento improvviso. Ovviamente sta ridendo. Il suo cagnolino mi lancia un'occhiataccia, con le narici dilatate, ma non me ne potrebbe importare di meno.

«*Amico*, a chi stai parlando con quel tono? Non a me.»

E gli sbatto la porta in faccia. Poi rimetto Luna in piedi. Barcolla leggermente.

«Stai davvero con quel tizio?» chiedo, senza indugio.

«Per chi mi hai presa? Me l'ha proposto quando sono tornata da Seattle e ho rifiutato. E no, non l'ho invitato qui» precisa, sbuffando irritata. «L'ho incontrato per caso qui vicino e non avevo motivo per rifiutarmi di lasciarmi accompagnare. Abbiamo deciso di rimanere amici.»

«Che incredibile coincidenza. Non credi che ti stesse seguendo perché non gli è piaciuto essere respinto?»

Apre e chiude la bocca mentre elabora le mie parole

«Cosa? No, non credo. Nel caso non l'avessi notato, Matt vive in una delle strade più alla moda di Manhattan. Calvin mi ha detto che stava andando a bere qualcosa nel bar qui accanto.»

«Da solo?»

«Sei paranoico, Liam.»

«Perché non l'hai corretto quando si è presentato come il tuo ragazzo?»

«Wow, fai più domande della mia terapeuta. Per caso vuoi cambiare lavoro?»

«Luna...»

Lei sospira.

«Che tu ci creda o no, non sono così stronza da umiliarlo davanti a tutti. Per questo l'ho chiamato in disparte. E avremmo anche concluso la conversazione, se non mi avessi interrotta. Secondo lui deve proteggermi da te. È convinto che il mio capo sia un pervertito che vuole portarmi a letto» ridacchia. «Vedi, è innocuo e premuroso.»

«Un vero Golden Retriever.»

Luna scuote la testa, anche se so che vorrebbe ribattere.

«Siete mai andati a letto insieme?»

«Come, scusa?»

«Mi hai sentito. Ti ha mai toccata?»

«Se ti dico di sì, cosa fai? Vai a picchiarlo?»

«Avevo in mente una soluzione più permanente.»

«Sei ridicolo.»

Mi precipito verso di lei e la spingo contro il muro del corridoio.

«Rispondi alla mia domanda.»

La peste sorride. *Sorride, cazzo.* Sto per morire. Mi sta facendo perdere la testa.

«Non sono andata a letto con lui, ma, a giudicare dalla tua reazione, forse avrei dovuto. La gelosia ti rende molto attraente.»

Mi sta prendendo in giro?

«Non mi chiedi perché ho smesso di vederlo?»

Faccio un passo indietro per mettere distanza tra noi.

No, stai zitta. Non dirlo.

Per favore, dillo.

Non lo dice. Ma quello che segue mi lascia senza parole.

Le faccio la domanda. Le faccio quella maledetta domanda, perché, anche se il mio cervello non vuole sentire la risposta, il mio cuore ne ha bisogno.

«Perché hai smesso di vederlo?»

Il suo sguardo speranzoso mi trafigge.

«Perché nessuno può prendere il tuo posto nel mio cuore.»

Restiamo uno di fronte all'altra, in silenzio. Sentirla pronunciare queste parole ha sortito l'effetto previsto. Mi sento come se potessi sfiorare il cielo con un dito. Dio, quanto voglio baciarla.

«Voglio baciarti anch'io» risponde.

Ho parlato ad alta voce? Deglutisco. Fisso le sue labbra socchiuse che implorano le mie. Tutte le mie terminazioni nervose fremono di desiderio. Respira affannosamente, con il petto che si alza e si abbassa veloce. Di colpo la porta si spalanca dietro di noi, facendo crollare la tensione.

«Va tutto bene, Lu?» chiede Calvin.

Forse le mie orecchie mi stanno giocando uno scherzo. Ha davvero osato chiamarla Lu?

Lei scuote la testa per riprendere i sensi. Da parte mia, continuo a dargli le spalle per nascondergli quanto vorrei prendere *Lu* contro il muro.

«Sì» dice con voce troppo acuta, e si schiarisce la gola prima di continuare. «Passo un attimo in bagno e poi vado via. Sono esausta.»

«Va bene, ti aspetto. Ti accompagno a casa.»

«No grazie, prendo un Uber. Vai a goderti la serata.»

E poi si precipita fra la folla senza dargli il tempo di rispondere. Mi giro soltanto quando sento i suoi passi svanire dietro di me. Inspiro ed espiro a fondo. Ho bisogno di un drink, o forse cinque. Tutto per allontanare l'immagine di Luna da sola in quel bagno. E mi ripeto la stessa frase in testa come una preghiera. «Non andare lì. È una pessima idea.» Sì, è una pessima idea.

Una parte di me ce l'ha ancora con lei e la mia famiglia non la accetterà mai. Ho molto da perdere, ma anche tanto da guadagnare. È inutile nascondere la testa sotto la sabbia. Sono ancora innamorato di Luna. Da sempre. Dalla sera in cui mi sono trasferito nel suo quartiere. Era tardi, eravamo appena arrivati e io già scappavo di casa. Potevo scegliere tra andare a sinistra o a destra. Sono andato a destra, e sono arrivato da lei. Luna era seduta sul davanzale della finestra e cantava. Aveva la voce più bella che avessi mai sentito. Teneva lo sguardo rivolto verso la luna e sentivo la tristezza nella sua voce. Quella ragazza dai capelli d'argento aveva risvegliato qualcosa di sopito dentro di me: la speranza. Forse non tutto al mondo era perduto. Forse lei era la mia luce. Ogni sera andavo sotto la sua finestra per ascoltarla. Notte dopo notte, cantava alla luna. E le sue canzoni suonavano quasi come preghiere. Rimasi lì, cercando di trovare il coraggio di avvicinarmi a lei, ma ero ancora un ragazzino spaventato e tormentato. Perché avrebbe dovuto volere un amico come me? La mia famiglia aveva le mani sporche di sangue. Mio padre non mi voleva più e mia madre non mi guardava più in faccia. Cosa potevo darle, oltre ai miei demoni? Ho sentito il suo nome il primo giorno di scuola. *Luna*. Ma certo. Era la luce che illuminava la Terra. Senza di lei, il mondo sarebbe buio.

Mi sono innamorato di lei. La mia luce. Il mio cuore. Il mio ossigeno. La parte migliore di me.

♪ Ecco perché entro in bagno.

«Non dovresti essere qui.»

«Lo so» dico. «Vuoi che me ne vada?»

«Non è quello che ho detto. Dico solo che non dovresti essere qui.»

È solo quando sento il calore che irradia che mi rendo conto che i nostri corpi sono distanti pochi centimetri. È appoggiata alla porta e mi fissa, in attesa. Faccio scorrere il pollice lungo il suo collo aggraziato e la sua pelle trema sotto il mio tocco.

«Pausa?» chiedo.

I suoi occhi brillano di una luce nuova e sorride quando mi sente riprendere l'espressione che ci ha permesso di mettere tutto fra parentesi per una sera. Le sue mani scivolano sotto la mia maglietta e mi accarezzano gli addominali. La mia pelle brucia.

«Pausa» ripete il piccolo demone.

Con il cuore che batte forte, le prendo il viso tra le mani, le sfioro le labbra con le mie e proseguo lungo la sua mascella, finendo per sussurrarle all'orecchio: «Sai quanto vorrei prenderti contro quella porta, Luna? Voglio scoparti così forte da punirti per avermi fatto impazzire. Per punirti di essere venuta con lui».

Un gemito le sfugge dalle labbra e ci passo sopra il pollice, tracciando i contorni della bocca che desidero da morire.

Respirando affannosamente, mi mette le braccia al collo e mormora: «Baciami, Liam».

«Pensavo che non me lo avresti mai chiesto.»

Le afferro la bocca e la bacio avidamente. I nostri denti si scontrano quando il nostro bacio diventa vorace. Intreccia le sue dita ai miei capelli e li tira. Mi piace quando mi fa male. E adoro quando sembra che non riesca a smettere di toccarmi. Interrompo il bacio, lasciandola senza fiato. Le tiro su il vestito e la accarezzo sul reggiseno di pizzo viola. Chiude gli occhi e si stringe il labbro inferiore tra i denti. Continuo la mia discesa, baciandole il ventre piatto, giocando con il suo ombelico, e infine inginocchiandomi ai suoi piedi. Le mie dita toccano il suo perizoma bianco già inzuppato. Appoggia i palmi allo stipite della porta per sorreggersi. Muovo avanti e indietro il pollice sul suo clitoride, senza mai fermarmi. Le faccio il solletico, la provoco. Impaziente, lei trema, geme, ruggisce.

«Che stai facendo?»

La guardo con un sorriso.

«Aspetto che mi implori.»

«Che cosa?» protesta, tirandomi i capelli.

Mi alzo e lo ripeto, scandendo le sillabe.

«Voglio che mi implori di farti venire.»

Infilo le dita nel suo perizoma. Le accarezzo il clitoride, allargando le labbra alla ricerca dell'umidità che mi fa impazzire.

«Apri la bocca.»

Lei obbedisce e io le faccio assaggiare le dita bagnate del suo desiderio. I suoi occhi si spalancano per la sorpresa, ma, contro ogni mia previsione, ruota la lingua e inizia a succhiarle. L'energia sessuale che si sprigiona fra noi mi fa ribollire il sangue nelle vene.

«Ecco perché mi implorerai. Perché muori dalla voglia di avermi dentro di te.»

L'ho toccata appena, ma so che mi ci vorranno meno di cinque minuti per farla venire. Mi inginocchio di nuovo davanti a lei. La bacio sopra il perizoma e le afferro il sedere con entrambe le mani. Lei ruota i fianchi per cercare il contatto con la mia lingua.

«Non ce la faccio più, Liam. Strappalo.»

Faccio come mi dice e il suo perizoma finisce in pezzi in un angolo del bagno. Soffio sul suo clitoride, rifiutandomi di darle ciò che vuole finché non me l'avrà chiesto. Muove di nuovo i fianchi, ma io mi tiro indietro.

«Sei davvero uno stronzo.»

Affondo i denti nelle sue parti intime. Lei lancia un grido di sorpresa, ma poi ride piano.

«Per favore, Liam» ansima. «Morirò se non mi fai venire.»

Cazzo. Una miriade di particelle esplode dentro di me e premo la bocca contro il suo clitoride gonfio.

«Sì, così.»

I suoi gemiti mi fanno sentire potente. Non riesco a staccare gli occhi da lei. Bocca socchiusa, guance in fiamme, sudata, è bellissima. Il modo in cui sussurra il mio nome quando il piacere la travolge crea dipendenza.

«Luna? Sei lì dentro?»

Si blocca quando Calvin cerca di aprire la porta, che per una volta avevo chiuso a chiave. Ci sono almeno due bagni in questa casa e ha dovuto venire proprio qui. La situazione è particolarmente eccitante, almeno dal mio punto di vista. Continuo a leccarla mentre il suo cagnolino è in piedi fuori dalla porta.

«Luna?»

Aumento il ritmo. Fa sempre più fatica a respirare, quindi si schiarisce la gola e cerca di articolare una frase intelligibile.

«Sì, vengo. Dammi due minuti.»

La sua voce si spezza. Sta per venire. Il doppio senso della sua frase mi fa sorridere. Sì, *amico*, la farò venire sulla mia lingua. All'improvviso Luna agita le braccia per farmi capire di aprire il rubinetto del lavandino. E quando inizia a scorrere l'acqua, mi afferra per i capelli per allontanarmi da sé.

«Non possiamo continuare» sussurra, tremando.

«Sicura?» chiedo, spingendo due dita dentro di lei. «Vuoi che mi fermi?»

I suoi occhi ruotano all'indietro mentre piego le dita per sfiorare il suo punto sensibile.

«Fanculo... andrò all'inferno» sospira.

E si schiaccia contro la mia bocca, ondulando i fianchi, sottoponendomi al ritmo che vuole. In meno di trenta secondi, Luna viene sulla mia lingua, in silenzio. Diamine, è ancora più eccitante così. Esausta, getta indietro la testa e colpisce la porta con un tonfo. Rendendosi conto del suo errore, si irrigidisce.

«Va tutto bene, Luna?»

Ancora in preda ad un orgasmo devastante, fatica a rispondere.

«Sì, problemi di donne.»

«Ok, ti aspetto giù allora.»

Non ha capito che vuole tornare a casa da sola? Mi alzo, la prendo in braccio e la faccio sedere sul ripiano di marmo. La sua lingua trova la mia, aggressiva, disperata e so che sente il suo sapore quando fa le fusa contro le mie labbra.

«Vuoi che ci fermiamo, Piccola Luna?»

«No... fammi godere di nuovo.»

Il tempo si ferma. Ci guardiamo in silenzio. Poi, in una frazione di secondo, le sue mani slacciano il bottone dei miei jeans. Le mie la spogliano prima di perlustrare ogni centimetro del suo corpo e per un po' restiamo a baciarci. Poi, senza aspettare, la attiro nel box doccia e la spingo contro la parete di vetro. Il naso sepolto tra i suoi capelli, le succhio la pelle del collo.

«Tiralo fuori, Luna. Tiralo fuori, così posso scoparti.»

Le sue mani scivolano sotto l'elastico dei miei boxer e mi avvolgo le sue gambe intorno alla mia vita, la pelle dei suoi stivali che sfrega contro la mia. Mi strofino contro di lei. È ancora bagnata dall'orgasmo.

«Non ne posso più, Liam.»

E in un solo movimento sono dentro di lei. Fronte contro fronte, mi perdo nel suo calore.

«Più forte» mi ordina. «Ricordami a chi appartengo.»

Impazzisco. Mi ritiro completamente, le afferro le natiche con entrambe le mani e la penetro. Sarà la mia rovina.

«Apri gli occhi, Luna. Voglio che mi guardi mentre vieni.»

«Liam.» Poi esplode. E il suo orgasmo innesca il mio.

«Che cazzo, Luna. Mi fai impazzire.»

Sempre tra le mie braccia, le bacio il collo e mi soffermo sul suo polso. Luna sposta leggermente la testa indietro, suda, trema, esita, poi dice: «Quanto ti faccio impazzire?».

Due perle lucenti mi scrutano, quasi implorandomi di porre fine alle nostre sofferenze. Tutto il suo corpo trema contro il mio. So cosa vuole sentire, cosa sta cercando di tirarmi fuori dalla bocca. Sono lì, in agguato nell'ombra, le due parole mi bruciano sulla lingua, che suggellerebbero il nostro destino, che ci permetterebbero di andare avanti, nonostante tutti i nostri problemi. Me lo legge in faccia. E anch'io lo vedo, il fuoco che arde nei suoi occhi e si trasforma in ghiaccio quando si rende conto che sono un codardo.

Ancora tra le mie braccia, Luna mi spinge il petto facendomi allontanare. Si rimette in piedi, si spruzza dell'acqua in viso e si riveste. So che devo rispondere alla sua domanda, ma le parole mi rimangono bloccate in gola. Di fronte al mio silenzio, aggiunge: «Te lo chiedo solo un'altra volta. Vuoi che ci diamo un'altra possibilità?».

Più della mia stessa vita, Piccola Luna. Ma ho fatto una promessa. Sono un codardo.

«Dimmi che non mi vuoi. Dimmi che non sei più innamorato di me.»

La fisso per contraddirla, ma non posso pronunciare le parole ad alta voce. Non sopporto la delusione sul suo viso, quindi abbasso lo sguardo. Quando il silenzio si fa troppo pesante, Luna ride debolmente ed esce dal bagno, aprendo la porta il meno possibile. Quando la sento richiudersi, premo i palmi delle mani contro il bancone per riprendere fiato. Fisso il mio riflesso allo specchio.

«Sei solo un idiota» mi dico.

Quando finalmente mi calmo ed esco dal bagno, una mano si posa sulla mia spalla. Mi giro e mi ritrovo davanti Calvin. Cosa ci fa qui?

«Hai tre secondi per togliermi la mano dalla spalla prima di ritrovarti faccia a terra.»

Con mia sorpresa, la sua mano non si muove. Anzi, si avvicina a me con sguardo minaccioso. Mi fissa, con la mascella serrata. Scruta ogni centimetro del mio viso, con gli occhi chiari ridotti a fessure. Resta in silenzio, analizza ogni mia reazione. Siamo quasi faccia a faccia.

«Devi lasciare in pace Luna.»

La tensione tra noi si infittisce.

«Altrimenti?» chiedo, più per curiosità che per paura. «Mi chiedevo se fossi cieco o stupido. Rimanere così attaccato a una ragazza che non ti vuole dev'essere un tormento per il tuo piccolo ego.»

Continua ad avvicinarsi, ma non mi tiro indietro. Il suo respiro diventa irregolare, è come un toro pronto alla carica, e sento che il suo alito puzza di alcol.

«Non vorrei rovinarti quel bel faccino.»

«Ah, mi trovi bello?» dico, inclinando la testa.

La sua mascella si contrae. D'accordo, questa farsa è andata avanti abbastanza a lungo.

Stavolta faccio io un passo avanti. E lui arretra.

«Mettiamo in chiaro una cosa, hai avuto Luna soltanto perché te l'ho lasciata. Eri un palliativo» sibilo. «Non dimenticarlo.»

Le sue narici si allargano. Vuole colpirmi, ma per qualche motivo non lo fa. Stanco della conversazione, giro i tacchi.

«Grazie di averla preparata per me.»

I miei muscoli si congelano. Ah, ecco la sua vera faccia. Finalmente.

«Ripeti quello che hai detto» ruggisco, voltandomi.

Lo prendo per la collottola e lo sbatto così forte contro il muro che tossisce.

«Non mi interessa se vuole un altro. E sai perché?» chiede il bastardo.

«Sono sicuro che sarai entusiasta di illuminarmi.»

Una risata fredda gli sfugge dalla gola.

«Perché avere qualcosa di tuo è molto eccitante.»

Qualcosa dentro di me esplode. Una rabbia devastante. Letale. È come se fossi fuori dal mio corpo. Un ruggito animalesco mi sfugge dalla gola e il mio pugno si abbatte sul suo labbro. Barcolla all'indietro, cercando qualcosa a cui aggrapparsi, poi crolla a terra come un grosso pezzo di merda.

«Non sai fare di meglio?» ride, sputando sangue. «Sapevo che eri un debole. Il denaro ammorbidisce le persone.»

«I tuoi genitori ti hanno fatto così idiota?»

Il suo sguardo si indurisce.

«Colpiscimi ancora, dai, stai morendo dalla voglia.»

La sua risata è sinistra.

«Non ne vali la pena» sibilo, torreggiando su di lui.

Ho preso la decisione giusta. Lo so. Faccio per andarmene, ma le sue parole successive mi fanno venire i brividi.

«È arrabbiata con te. Sospetto che stasera finalmente aprirà le gambe per me.»

Prima che si renda conto di cosa gli sta succedendo, sono a cavalcioni sopra di lui. La musica intorno a noi svanisce. Non sento niente. Gli colpisco la mascella. La sua testa si inclina di lato. Calvin cerca di lottare. Lo colpisco di nuovo.

«Bastardo.»

Un terzo colpo gli prende il naso. Poi un quarto.

Non smetto.

L'immagine di mia madre che sanguina per colpa di Mike mi balena davanti agli occhi. Per un attimo non so più chi ho sotto le mani. Vedo soltanto sangue.

«La prossima volta che mi minacci, tua madre non sarà in grado di riconoscerti» gli ringhio all'orecchio.

«È già così» dice lui, con voce troppo calma.

All'improvviso delle braccia forti mi tirano indietro e mi ritrovo davanti agli occhi sgranati di Matteo.

«Che ti prende, amico? Tu, vattene» ordina a Calvin.

Calvin si alza barcollando, con una luce maligna negli occhi. Era quasi impercettibile, ma giurerei di aver visto un sorrisetto incurvare il suo labbro spaccato.

«Ci rivedremo.»

«Sai dove trovarmi.»

Si asciuga il sangue che gli scorre dal naso con il dorso della mano.

«Stai lontano da Luna» lo avverto mentre si allontana.

Mi libero dalla presa di Matteo, che mi guarda come se fossi impazzito.

«Quando ti ho detto di riprenderti Rapunzel, non pensavo a un omicidio, idiota.»

Ignoro il suo tentativo di alleggerire l'atmosfera.

«Mandami quello che hai trovato sul telefono di Luna» urlo a Matt, correndo via.

«Dove cazzo stai andando?»

«A trovare la mia donna.»

11
Liam

♪ *Blame's On Me* - Alexander Stewart

«Lu, fammi entrare, per favore. Dobbiamo parlare.»

«Vattene. Il tuo silenzio mi ha già detto tutto» sussurra lei da dietro la porta.

«Ti prego.»

La porta si apre leggermente. Abbastanza da permettermi di vedere che è scalza, con i capelli raccolti in uno chignon e una maglietta nera dei Coldplay. Mi guarda malissimo. Non sopporto più di starle lontano, quindi mi avvicino.

Ed è allora che noto un gonfiore sotto l'occhio. Sono entrambi rossi, come se avesse pianto. Tutto il mio corpo diventa insensibile.

Senza pensarci, apro la porta e scivolo dentro.

«Cos'hai all'occhio? Quel bastardo è venuto a casa tua?»

La raggiungo in un attimo e le prendo il viso tra le mani.

«Che cosa? No» risponde, allontanandosi. «Ho sbattuto contro l'anta di un armadio.»

Mi indica «il colpevole» con un cenno del mento.

«Mi prendi in giro, Luna? È la scusa classica.»

Era quello che raccontava sempre mia madre alle maestre, al postino, a tutti quelli che fingevano di crederle. La facilità che aveva nel mentire mi distruggeva ogni giorno di più, mentre non avrei voluto fare altro che urlare al mondo: «Guardate cosa sta facendo a mia madre, aiutateci». Il sangue mi rimbomba nelle orecchie. Il suo viso arrossato mi spezza il cuore.

«Fanculo, lo ammazzo.»

«Non mi ha toccata, Liam» si irrita, indifferente alla sofferenza che mi tormenta.

«Non mentirmi, Luna» insisto. «Dammi il suo indirizzo.»

Lei mi afferra gli avambracci e inizia a spingermi verso la porta, ma io tendo i muscoli. Sono troppo pesante per lei.

«No, non ti darò il suo indirizzo per farti finire quello che hai iniziato. Vuoi concludere la serata in commissariato?»

Una risata amara mi sfugge dalle labbra.

«Quell'idiota ti ha chiamata per lamentarsi? Se ha ancora le forze di parlare è perché non l'ho picchiato abbastanza.»

«Ti sembra divertente?» si inalbera lei. «Come ti viene in mente di presentarti a casa mia con le nocche spaccate? Pensi che la violenza risolva tutto?»

«No, certo che no, ma quel tizio… non voglio che tu lo riveda. Stai lontana da lui.»

Luna scoppia in una risata senza gioia.

«A volte penso che dovrebbero veramente toglierti il diritto di parola.»

«Non sto scherzando, Luna. Per una volta, puoi evitare di fare la testarda e obbedirmi?»

Inclina la testa, chiedendosi se ho davvero usato la parola «obbedire».

«Non ero testarda quando mi hai fatta umiliare per scoparmi.»

Le sue pupille sono un pozzo senza fondo. Non dico nulla. La guardo semplicemente dirigersi verso la porta che non ho chiuso quando sono entrato. Mi preparo alla sua richiesta di andarmene, ma alla fine la chiude e mi dà le spalle, con la fronte appoggiata alla porta e le spalle tese. Quando si gira, il suo sguardo illuminato dalla luna è spaventoso. Apro la bocca per scusarmi e dirle il motivo per cui sono qui, ma lei mi precede.

«Sono stanca di fare un passo avanti e cinque indietro.» I suoi occhi sono pieni di collera.

«Stasera mi hai respinta di nuovo. E hai spaccato la faccia al povero Calvin, senza motivo.»

«Povero Calvin» rido a denti stretti. «È questo che ti ha detto? Non hai sentito come parla di te. Lascia che lo chiarisca una volta per tutte, Luna» dico, afferrandole il mento tra le dita, «nessuno può mancarti di rispetto davanti a me. Nessuno. La prossima volta che prova a insultarti in quel modo gli taglio la lingua. Vuoi prendertela con me perché ti ho difesa?»

«No!» urla, «ed è questo il problema, Liam. Ti faccio passare tutto. Faccio di tutto perché non ti succeda nulla e tu te ne freghi. Cazzo, ho dovuto pregarlo di non sporgere denuncia contro di te!»

«Non ti ho chiesto niente, Luna. Non combattere le mie battaglie per me. Non ne sono degno.»

«Lo so quando hai bisogno di me, NON DEVI CHIEDERMELO» ruggisce lei, con le lacrime agli occhi.

Il suo petto si alza e si abbassa per la rabbia. Un lampo di dolore le attraversa lo sguardo, ma non capisco da dove arrivi.

«Non sei tu a dover proteggere me, è il contrario» le ricordo, tenendole il viso tra le mani. «Che mi denunci pure, se vuole.»

Ma Luna si allontana da me, la furia le distorce i lineamenti.

«Perché sei venuto?»

Impiego troppo tempo a rispondere, quindi scuote la testa e inizia a passeggiare per il soggiorno. La sua maglietta si solleva ogni volta che le sue dita affondano fra i capelli biondi.

Una volta che si è calmata, si avvicina a me.

«Dimmi perché sei qui o vattene da casa mia... anzi, sai una cosa?» continua, senza darmi il tempo di rispondere. «Hai ragione. Non meriti che mi preoccupi tanto per te. Non sei degno di tutto quello che ho fatto per te. Non mi interessa cosa ha detto Calvin. Quello che conta per me è cosa dici tu. Sai come sono andata a finire contro quell'anta? Perché stavo piangendo. Non l'ho vista perché ero troppo impegnata a piangere per una persona che non mi tratta come merito. Ora vattene, Liam.»

♪ Le sue parole mi distruggono. Allungo la mano per asciugarle le lacrime dal viso, ma lei gira la testa. Allora mi alzo, ignorando la voragine che mi si è aperta nel petto, e mi avvio verso l'uscita. Luna emette un sospiro pieno di delusione, ma non mi trattiene. Senza guardarla, abbasso la maniglia e mi chiudo la porta alle spalle. Una volta fuori, mi sembra di morire. Il mio cuore sta per smettere di battere. Sono una merda. Un codardo. Incapace di muovermi e di allontanarmi da lei, scivolo sul pavimento, con la schiena contro la porta. Non so quanto tempo rimango in questa posizione, ma i minuti mi sembrano ore, al punto che mi sento le palpebre pesanti. Poi lo sento. Quel calore insolito ma così familiare che mi fa rizzare i peli sulla nuca. *Charlie*. La mia sorellina è accovacciata davanti a me, la sua mano mi accarezza la guancia. Lotto contro le lacrime, mi rifiuto di farmi vedere da lei in questo stato.

Mi dispiace, sussurro. *Non ce la faccio più.*

Una brezza le smuove i capelli. Sorride.

Ho bisogno di lei, Char.

Mi asciuga una lacrima che non ho sentito scorrere dalla guancia e un sorriso illumina il suo viso infantile. Annuisce. Solo una volta.

«Sei ancora lì?»

Quando la voce smorzata di Luna risuona da dietro la porta apro gli occhi di scatto. E deglutisco prima di rispondere: «Sì».

La porta si apre mentre cerco a fatica di alzarmi da terra. Rilascio l'aria che mi comprimeva i polmoni. Il suo viso d'angelo mi fa sospirare di gioia. Ci fissiamo. Nessuno di noi sa cosa dire, ma dopo qualche secondo apro la bocca.

Le parole volano fuori, sperando che lei le afferri.

«Ricordi quando ti ho detto che non stavi facendo la domanda giusta?»

Lei annuisce.

«Vuoi sapere la domanda che avresti dovuto farmi quella sera?»

Deglutisce.

«Sì.»

«La giusta domanda era: quando ho smesso di amarti?»

Luna risucchia l'aria tra i denti quando i nostri sguardi si incrociano. Assorbe le mie parole. Le mette alla prova. Le assapora.

«Chiedimelo, Luna.»

«Quando hai smesso di amarmi, Liam?»

Chiudo gli occhi e li riapro. Faccio un respiro profondo. *Mi dispiace, Charlie.*

«Non c'è stato un giorno in cui non ti abbia amata, Piccola Luna. Non c'è stato un singolo giorno da quando ho messo piede a Carolina Beach in cui il mio cuore non sia stato tra le tue mani.»

Che meraviglia poterlo dire. Il mio cuore esplode mentre Luna resta a bocca aperta, con gli occhi pieni di lacrime, le labbra tremanti.

Continua a non dire nulla. Il suo silenzio è angosciante. Poi mi trascina dentro e di sopra. Mi lascio portare come un burattino senza fili. In bagno, le sue mani bianche e curate mi sfilano la maglietta dalla testa. Non appena le sue dita sfiorano la mia pelle inizio a tremare. È indecente amare così tanto una donna. Mi toglie le scarpe e i pantaloni. Si inginocchia per sfilarmeli, lasciando che le sue lunghe dita mi accarezzino delicatamente la pelle. Quando alza gli occhi per guardarmi da sotto le sue bellissime ciglia, mi sento il cuore in gola.

All'improvviso si alza, mi spinge sotto la doccia e apre il miscelatore, strappandomi un grido.

«Cazzo, Lu! È ghiacciata!»

«Ti schiarirà le idee. Ti sembra il caso di aprirmi il tuo cuore mentre sei in questo stato? Hai così poco rispetto per me?»

«Mi dispiace» ripeto. «Se tu...»

«Non dire altro. Stai zitto. Troverai dei vestiti puliti sul mio letto. Sono di mio padre» aggiunge, notando il mio cipiglio.

«Mi dispiace di averti lasciato credere di non essere la persona più importante per me.»

«Non voglio più sentire le tue scuse. Voglio che tu la smetta di comportarti da idiota. Ti sopporto solo perché so che dietro a tutte queste sciocchezze si nasconde ancora il mio migliore amico.»

Poi mi lascia. La guardo andarsene come l'idiota che sono.

Quando la raggiungo al piano di sotto, è seduta sul divano a gambe incrociate a bere un tè. Quando mi vede, la sua bocca si piega in un broncio tra il divertito e l'irritato.

«Non ti piacevano i vestiti?»

«Mi rifiuto di indossare la biancheria intima di tuo padre.»

Nasconde la sua risata dietro la tazza fumante. Sì, ho messo il maglione di suo padre, ma non potevo assolutamente mettere le sue mutande, quindi ho tenuto le mie, e anche i miei pantaloni.

«Non le mette da anni» mi informa, mentre mi siedo accanto a lei.

«Non mi interessa, è strano. Luna...»

I suoi occhi sono fissi nei miei. Cerco le parole. Faccio un respiro profondo.

«Sì?»

«Mi sto comportando da idiota perché Charlie mi ha fatto promettere di stare lontano da te.»

Lei sussulta per la sorpresa. Raddrizza la schiena, ma, seduta accanto a me, fatica a sostenere il mio sguardo.

«Quando? Come?» chiede, fra i singhiozzi.

Non mi chiede perché, e la cosa mi turba.

«Nella lettera che mi ha lasciato. Ero furioso con te. Avevo bisogno di qualcosa a cui aggrapparmi e ho scelto l'odio. Era più semplice e meno pesante da portare dell'amore. Ho dovuto fare una scelta tra voi due. Le due persone che amavo di più al mondo. Quindi ho deciso di onorare la sua richiesta standoti lontano, e non l'ho mai infranta. Ma a ripensarci, credo fosse una scusa per proteggere il mio cuore. Senza sarei tornato da te. Prima o poi avrei ritrovato la strada per tornare da te.»

Luna continua a non dire nulla, quindi proseguo. Con i gomiti sulle ginocchia, mi prendo la testa tra le mani.

«A volte la vedo, sai?» ammetto, senza vergogna. «L'ultima volta che sono stato a Chicago mi ha detto una cosa che non ho capito, una cosa che mi avevi detto anche tu la sera del compleanno di Samantha: le apparenze ingannano. Non può essere una coincidenza, Lu. Ha detto anche che New York mi faceva bene, che dovevo lasciarmi andare, aprire gli occhi. E la prima volta che ti ho baciata, in ufficio, mi sono sentito così in colpa per aver infranto la promessa che ho preso una droga.»

«Liam...»

«Lo so, è stato stupido» la interrompo. «Da allora non ho più toccato nulla, ma continuo a ripensare alle sue parole. Parlava di te, Luna, ne sono convinto. Mi stava spingendo verso di te. Mi incoraggiava a scoprire la verità su quel giorno.»

Apri gli occhi, Liam.

Mi alzo e le metto una mano dietro il collo per appoggiare la fronte sulla sua.

«La vedi anche tu?» chiedo. «Nei tuoi sogni?»

Una lacrima le scorre lungo la guancia.

«Mi odia. L'ho abbandonata. Se non avessi provocato Tallulah...»

Sopraffatta dall'emozione, Luna balza in piedi per lasciare la stanza, ma la trattengo per il gomito.

«Non è vero» la rassicuro. «Ti voleva molto bene. E l'hai fatto per difenderla.»

Le mie braccia si chiudono intorno alle sue spalle, e Luna posa la sua testa sul mio petto. La tengo stretta. Non riesco a trattenere il gemito di sollievo che mi sfugge dalle labbra. Gli occhi si chiudono come se stessi per addormentarmi. La abbraccio più forte, finché non riesco a sentire il suo battito contro il mio petto.

«Luna, raccontami cos'è successo quel giorno. Spiegami perché non eri lì con noi.»

Lei si paralizza.

«C'è una cosa che non capisco. Perché sei andata a Miami a stare da tua nonna di punto in bianco, quando avremmo dovuto passare la notte insieme? Perché non sei tornata quando hai saputo di Charlie? Perché non mi hai richiamato quando ti ho pregata di tornare?»

Perché tradire il nostro amore?

Il suo labbro inferiore trema sotto il peso delle mie domande. Poi Luna fa un passo indietro e mi costringe a lasciarla andare, anche se con riluttanza.

«So che avrei dovuto chiedertelo subito, invece di escluderti dalla mia vita» continuo, «ma non riuscivo ad affrontare il mio dolore».

«Domani sera» sussurra. «Dopo il lavoro, prometto di raccontarti tutto.»

Sgrano gli occhi, perplesso. Lei se ne accorge e si affretta ad aggiungere: «Ti fidi di me?».

Penso alla mia risposta, a cosa significherebbe se dicessi di sì, all'ultima volta che ho giurato di fidarmi e a cosa è successo. Mi ha spezzato il cuore quando non volevo altro che metterlo in una gabbia dorata e consegnarglielo per sempre. Eppure, mentre guardo la ragazza che ho di fronte con l'amore che mi trabocca dal petto, non posso che darle la risposta più logica, più sincera. Dico di sì, perché è tempo di elaborare il lutto e dimenticare il passato. Di lasciarlo a Carolina Beach e andare avanti con lei. Voglio lei. Senza rimpianti, senza rancore. Senza segreti.

«Mi fido di te, Lu.»

La sua espressione si rasserena, e anche il mio cuore si placa. Le metto una mano sulla guancia per inclinarle la testa. Ci guardiamo negli occhi.

«Non importa cosa succederà domani, non importa cosa ci diremo, promettimi che ci comporteremo da adulti. Anche se la verità è dura. Promettimi che supereremo tutto insieme. Promettimi che non mi lascerai più, Luna. Promettimi che stavolta resterai con me.»

«Liam...»

Il cuore mi batte forte, ho paura che mi rifiuti. Seppellisco da qualche parte in profondità l'adolescente distrutto e tradito che sta cercando di riemergere.

«Non sopporterei di perderti di nuovo. Voglio che siamo onesti. Più di ogni altra cosa.»

Tra noi aleggia un silenzio assordante. Chissà se riesce a sentire il battito del mio cuore.

«Te lo prometto, Liam. Non vado da nessuna parte.»

Sollevato, le bacio le labbra, il collo, le guance. Lei ride, ed è il suono più bello del mondo.

«Vado a letto» sussurra contro le mie labbra, prima di sciogliersi dal mio abbraccio e dirigersi verso le scale.

Sale i primi gradini e poi si ferma, con una dolce smorfia sul viso. So già cosa dirà prima ancora che le parole escano dalle sue labbra.

«Perché non vieni con me?»

Non riesco a reprimere un sorriso. Ma non mi lascio sfuggire l'occasione di prenderla in giro.

«Ti hanno mai detto che sei prepotente?»

Lei alza gli occhi al cielo.

«La mia offerta scade tra nove, otto, sette, sei...»

Mi svuoto le tasche, metto le chiavi della macchina sul tavolino del soggiorno, mi tolgo i jeans, li butto sul divano e corro da lei. Salgo le scale due alla volta, ma lei corre per sfuggirmi. Accelero e la raggiungo prima che chiuda a chiave la porta. La abbraccio e crolliamo entrambi sul letto, con gli occhi lucidi per le risate. I suoi capelli mi entrano in bocca, il suo profumo fruttato è inebriante. Non importa cosa emergerà dalla conversazione di domani, in questo momento sono certo che starò con lei fino alla fine dei miei giorni. Voglio continuare a sentire la sua risata anche sul mio letto di morte.

«Ho cambiato idea. Vai a dormire sul divano!» esclama, senza fiato.

«Bugiarda.»

«Stronzo.»

«Fastidiosa.»

«Nodocefalo.»

«Barbosa! Hai visto? Conosco anch'io gli insulti da vecchi.»

Scoppiamo a ridere come bambini. Perché è così facile con lei? Perché appena la vedo è come se non ci fossimo mai lasciati? Perché sono così pazzo di lei?

«Buonanotte, Liam» dice, spingendomi verso il lato destro del letto con i piedi freddi.

«Buonanotte, Rapunzel.»

Mi becco un cuscino in faccia, dopodiché mi volta le spalle, si tira il piumone sulla testa e spegne la lampada, facendo precipitare la stanza nel buio, a parte il chiarore di una candela profumata. Tengo gli occhi fissi sulla sua nuca, ossessionato dalla sua esistenza.

«Liam?» sussurra dopo diversi minuti di silenzio.

«Sì?»

«Descrivimi la tua giornata perfetta.»

«Onestamente?»

«Sempre.»

«Tu e io in pigiama a guardare delle serie, buon cibo, probabilmente delle caramelle alla frutta per te, e con i cellulari spenti. Sesso, tanto sesso. Ovunque.»

«Ok.»

Nonostante tutto quello che è successo durante la giornata, cerco di addormentarmi. Invano. Il suo respiro mi dice che anche lei è sveglia. Dopo venti minuti, passati a rigirarmi senza trovare una posizione comoda, cedo.

«Ti posso abbracciare?»

«Prima non me l'avresti chiesto.»

Prima. Mi avvicino a lei, le metto il braccio intorno alla vita e affondo il naso tra i suoi capelli. Le sue dita si intrecciano alle mie. I suoi muscoli finalmente si rilassano, il suo respiro diventa regolare, e anch'io chiudo gli occhi per addormentarmi.

«Dicevi sul serio?»

La sua voce febbrile rompe il silenzio. Non ho bisogno di chiederle a cosa si riferisce.

«Guardami.»

Luna si gira tra le mie braccia. Le sollevo il mento con le dita per portare i nostri occhi allo stesso livello.

«Dicevo sul serio, Lu. Sei l'unica proprietaria del mio cuore. Puoi farne quello che vuoi, è tuo. Ti appartengo anima e corpo, fin dalla prima volta che ti ho vista ho sentito scattare qualcosa dentro, come se tutto stesse andando a posto. Ti amo da impazzire. Se avessi potuto dirtelo il giorno in cui ti ho sollevata da terra dopo che eri svenuta, lo avrei fatto. Ma ero accecato dal passato, dal rancore. So che abbiamo un sacco di cose da chiarire, ma ti voglio così tanto, Lu. Per tutto il tempo in cui siamo stati lontani ho sentito un vuoto nel petto. Un dolore straziante. Finché non ti ho rivista in quel corridoio, più bella che mai. Mi sentivo come se stessi annegando e tu mi hai riportato a galla. Eri il pezzo mancante nella mia vita. Ti amo, Luna, fino alla luna...»

«...andata e ritorno, e all'infinito» completa per me. «Non era un sogno, eri tu in ospedale?» mi chiede con le lacrime che le rigano le guance.

Gliele asciugo con il pollice.

«Ovviamente, Piccola Luna. Ci sarò sempre per te. Ti amo anche quando ti odio.»

Apre la bocca, ma poi cambia idea.

«Io...»

«Lo so» sussurro, quando le parole non escono. «Lo so, Luna. Non devi dirmelo se non sei pronta. Lo vedo da come ti giri a guardarmi quando ridi, per vedere se sto ridendo anch'io. Da come tieni gli occhi aperti quando mi baci, perché temi che sia tutto un sogno. Quando posi gli occhi su di me mi sento importante, degno di essere amato. Quando sarai pronta a dirlo, sarò qui.»

Voglio sentire il suo cuore battere contro il mio, quindi la stringo più forte e la sento affondare il naso nel mio collo. Ed è sussurrandomi due parole all'orecchio come un dolce segreto che la mia migliore amica incide per sempre il suo nome nel mio cuore.

«Ti amo, Limee.»

Le mie dita si fermano tra i suoi capelli.

«Dillo di nuovo» quasi la imploro, con gli occhi pieni di lacrime per non averlo sentito per sette anni.

«Liam Jude Davis, mi hai stregato il cuore.»

È un'emozione incredibile, come se le nostre anime si fossero riconosciute.

«E tu sei la parte migliore di me, Luna Eden Collins.»

«È il nostro turno di avere un lieto fine.»

Le sue parole suonavano come una promessa.

E le ho creduto. Di nuovo.

Ma quando mi sono svegliato nel cuore della notte, il suo lato del letto era freddo.

Luna se n'era andata.

12

Luna

Luna 16 anni - Liam 17 anni e mezzo

Non sapevo che una felicità così intensa potesse succhiare via tutta l'aria dai polmoni. Che un amore così potente e bello potesse mozzare il fiato. Da quando Liam mi ha detto che mi ama, mi sembra di fluttuare a un metro da terra. Lui è la mia casa, il mio ossigeno, il sorriso sulle mie labbra, le lacrime di felicità nei miei occhi, ogni battito del mio cuore. Se questo è tutto un sogno, non voglio svegliarmi mai più. Se sono morta, allora la morte merita di essere vissuta almeno una volta nella vita.

Sono appena tornata da una settimana di vacanza a San Francisco con mio padre. Corro subito a casa di Liam e come al solito entro senza bussare. All'interno, il corridoio che conduce alla cucina è immerso nel buio più completo. Il silenzio mi serra la gola, avverto un brivido lungo la schiena.

Esito. I miei arti si rifiutano di muoversi. Qualcosa non va. La macchina di Liam è parcheggiata fuori, le scarpe da ginnastica preferite di Char sono vicino alla porta. Allora perché è tutto così silenzioso? Raccolgo il coraggio e mi muovo lentamente verso il soggiorno, con le orecchie che mi fischiano. Mentre avanzo noto una luce che lampeggia nel buio. Charlie è seduta sul divano, con gli occhi incollati al cellulare. *Ciao, paranoia.*

«*Pumpkin*, stai bene?» chiedo, accarezzandole i capelli.

Lei salta su e quasi lascia cadere il telefono.

«Mi hai fatto prendere un colpo, Lulù!»

Mi butto sul divano accanto a lei, ridendo.

«Perché sei tutta sola al buio?»

«Si adatta bene al mio umore» risponde, alzando le spalle.

«Ancora gli incubi?»

«Mmh. Sono tornati da qualche settimana. Vedo sempre cose orribili. Mi sento come se stessi impazzendo. Ma a sentire mia madre sono capricci per attirare l'attenzione.»

La sua voce si incrina alla fine della frase. Liam mi ha detto che continua a rivivere la notte in cui Mike è morto. Charlie era così piccola che la sua mente mescola finzione e realtà. Per non turbarla ulteriormente, Sarah ha taciuto del tutto sulla notte della tragedia. Si rifiuta persino di permettere a Charlie di consultare uno psicologo, per paura che possa dire troppo. Solo che sembra che i suoi ricordi stiano iniziando a riaffiorare, e ho paura di cosa succederà quando la verità verrà fuori.

«Ne hai parlato con Liam?»

«Sì, vado a dormire con lui quando succede.»

«Bello! Anche a te ruba le coperte? Odio quando lo fa.»

Charlie annuisce e sorride per la prima volta da quando sono arrivata. Il suo sorriso svanisce quando una serie di messaggi arrivano sul suo cellulare. La vedo impallidire. E non mi sfugge nemmeno quello che succede dopo. Prende il telefono, cancella le notifiche senza leggerle, e lo riappoggia sul tavolino con lo schermo rivolto verso il basso.

«Problemi?»

«No» risponde, ma la gamba comincia a muoversi da sola, al punto da far tremare il divano.

«Se ti porto fuori a prendere un gelato, mi racconti quello che mi sono persa questa settimana?»

«Dipende da quanto è grande il gelato.»

«Furba. Dai, vai a vestirti. Liam è in camera sua?» le chiedo mentre sale le scale.

«No, è andato a correre.»

Il mio ragazzo arriva proprio in quel momento. *Il mio ragazzo.* È così naturale chiamarlo così. Come se nel profondo avessi sempre saputo che un giorno lo sarebbe diventato. Che eravamo destinati a stare insieme. Due anime gemelle nate per amarsi, come dice Liam. A me non piace troppo quell'espressione, perché significherebbe che era scritto nelle stelle che suo padre li avrebbe abbandonati, che sua madre sarebbe stata picchiata da Mike, che l'avrebbe ucciso e avrebbe lasciato il suo Paese… tutto per farci incontrare.

Quando Liam mi rivolge uno dei suoi irresistibili sorrisi, sento le palpitazioni e mi rendo conto di essere rimasta in apnea da quando è entrato. Uno di questi giorni morirò per mancanza di ossigeno. L'effetto che ha su di me mi sorprende sempre. È pazzesco. Il mio migliore amico si toglie le scarpe da ginnastica, le cuffie e la maglietta. I miei occhi sono attratti dai suoi addominali grondanti di sudore. Accidenti, è bellissimo. Si schiarisce la gola, riportandomi sulla Terra. E ricevo un sorrisetto insolente.

«Da quanto tempo sei qui?»

«Dalle due.»

Mi abbraccia, e fingo di essere disgustata dal suo sudore.

«Liam, fai schifo.»

Lui ride e si passa la mano sul petto per schizzarmi. Reagisco lanciandogli in faccia uno dei cuscini del divano.

«Mi sei mancata, Piccola Luna.»

Le sue dita mi sfiorano il braccio, il collo e la guancia, lasciando una scia di formicolio.

«Anche tu mi sei mancato.»

Gli bacio la punta delle dita. Mi guarda.

Io lo guardo.

E non conta più niente, come sempre.

«Ora che è tornato, immagino che vorrai restare con lui» dice Charlie.

Sbatto le palpebre per uscire dalla nostra bolla. Charlie è in cima alle scale, con la faccia triste.

«Che cosa? No, vieni Char, andiamo.»

Lo sguardo perplesso di Liam si sposta da sua sorella a me.

«Qualcuno mi spiega?»

«Andiamo a prendere un gelato» rispondo, prendendola sottobraccio.

«Fantastico, mi aspettate? Faccio una doccia e vengo con voi.»

«No, è un'uscita fra ragazze! Sai, dobbiamo parlare di maschi» aggiungo, apposta per punzecchiarlo.

«Di cosa?»

«Di maschi» ripete Char, alzando gli occhi al cielo. «So benissimo cosa fate quando vi chiudete in camera. E ti ricordo che Lulù ha soltanto due anni più di me.»

E con questo esce, chiedendomi di non metterci troppo.

Liam e io restiamo scioccati, ma anche divertiti.

«Non ha tutti i torti.»

«Shh» fa lui, «per me ha ancora nove anni».

Scuoto la testa. È ridicolo.

«Fatevi almeno accompagnare in macchina.»

«No, prendiamo l'autobus.»

Sapendo che non cederò, lascia perdere e mi prende per la vita per baciarmi.

«Mi sei mancata, cuore mio» sussurra.

«L'hai già detto» ridacchio contro le sue labbra.

«Sì, ma dirlo una volta non rende giustizia a quanto mi sei mancata, quindi aspettati di sentirtelo ripetere per giorni. La prossima volta mi nascondo nella tua valigia.»

Mi bacia dietro l'orecchio.

«Vorrei portarti da qualche parte stasera. Prendi un maglione, potrebbe fare freddo.»

Deglutisco a fatica e chiedo: «Poi torniamo a dormire qui?».

«Se vuoi.»

«Sì, voglio» rispondo, troppo in fretta.

Lo guardo negli occhi, pregando che capisca cosa sto cercando di dirgli. Stiamo insieme da cinque mesi, ma non abbiamo ancora fatto l'amore perché non mi sentivo pronta. Fino a oggi. Abbiamo fatto delle cose. Ci sono state carezze, tante. Ci siamo conosciuti, abbiamo esplorato i nostri corpi.

Per fortuna gli ci vogliono meno di due secondi per capire.

«Ah... ok.» Si schiarisce la gola, poi si scompiglia i capelli, segno che è nervoso. «Sei sicura, Lu? Lo vuoi?»

«Sì. E tu?»

«Sì.»

Ora arrossiamo entrambi. Il suo imbarazzo mi fa sorridere. Liam Jude Davis intimidito, sarebbe la prima volta. Mi abbraccia di nuovo, e a questo punto non mi importa se mi bagna con il suo sudore.

«Fatti trovare pronta alle otto.»

Senza aspettare la mia risposta, mi bacia sulla fronte e corre di sopra.

Mi sembra di toccare il cielo con un dito.

Io e Charlie siamo sedute al Pink a mangiare un gelato dopo aver guardato le vetrine per buona parte del pomeriggio. Ne approfitto per farle le domande che mi tormentano dall'inizio della nostra uscita.

«Solo se mi presti il tuo rossetto» risponde.

«Santo cielo, voi Davis siete davvero nodocefali.»

Charlie sbatte le ciglia, soddisfatta di averla spuntata. Le passo il mio rossetto preferito. Un rosa perlato che esalta la sua naturale bellezza. Le porgo il mio specchietto tascabile e, vedendola sorridere, concludo che si trova bella. Darei qualsiasi cosa per vederla sorridere più spesso. Mi riprometto di passare più tempo con lei. Alla sua età io avevo i Quattro Elementi. I miei amici riempivano il vuoto di essere figlia unica. Camille è diventata mia sorella. Char non ha nessuno.

«Su, raccontami le ultime novità.»

«Ho un ragazzo» ammette, sorridendo da un orecchio all'altro. «Ci siamo conosciuti un anno fa su un forum di lettura. Avevo scritto una recensione negativa sull'ultimo libro di Harry Potter, lui mi ha risposto ed è così che è iniziato tutto. Siamo subito entrati in confidenza. Anche suo padre se n'è andato quando era piccolo e non ha idea di dove sia finito. Abbiamo molte cose in comune.»

«Sono felice per te, *Pumpkin*. Quindi è per incontrare lui che salti la scuola?»

Questa parte mi piace di meno.

«Anche» dice, con gli occhi ancora bassi. «Andiamo alla libreria di Easton Lane e passiamo il pomeriggio a parlare e ridere. Gli ho raccontato dei miei incubi, e da allora mi chiama tutte le sere per rilassarmi prima di mettermi a dormire. Mi aiuta molto, Lulù. Gli incubi non sono spariti, ma almeno non li affronto da sola.

Mi incoraggia sempre a parlargliene, sai, per dividere il peso.»

Il suo ultimo commento mi provoca una fitta al cuore. Io e Liam siamo così ossessionati l'uno dall'altra da esserci dimenticati di lei? La ascolto parlare del suo misterioso fidanzato con un crescente senso di colpa, e non posso fare a meno di vedere quanto lei e Liam si assomiglino. Charlie ha i capelli biondi, mentre quelli di Liam sono neri, ma il luccichio nei loro occhi è lo stesso. Quel piccolo tocco di malizia e gentilezza che ti fa venire voglia di stargli vicino. La loro energia non ha eguali. Il sorriso di Charlie è contagioso. E i suoi occhi azzurri brillano quando parla di questo ragazzo. Non l'avevo mai vista così.

«Ho trovato il mio Liam» conclude.

«Il tuo Liam?»

«Sì. Se un giorno non riuscissi più camminare, credo che Liam si taglierebbe le gambe per darle a te» ridacchia. «Penso di piacergli così.»

«Non dire sciocchezze.»

Charlie getta indietro la testa, ridendo.

«Liam è così innamorato di te che è imbarazzante. Ed è ancora più imbarazzante perché ci avete messo anni a capirlo. Siete due stupidi.»

«Chiudi il becco e fammi vedere Mr. Perfezione.»

Mi basta menzionarlo per vederla arrossire.

Charlie mi passa il cellulare per mostrarmi una loro foto in spiaggia, un selfie scattato da lei. La riconosco, è a dieci minuti da casa nostra. Vedo soltanto il suo profilo perché il suo volto è affondato nel collo di lei, ma sembra carino, con i capelli castano chiaro e la mascella squadrata. Non mi soffermo a lungo su di lui, fisso solo il viso radioso di Charlie nella foto, la sua aria rilassata, lontana dagli incubi.

«Non hai altre foto?»

«Non gli piace farsi fotografare. Un po' come...»

«Liam!» urliamo all'unisono, sghignazzando.

«Si chiama Kole» continua, finito di ridere.

«Dove va a scuola?»

«È così intelligente che a volte mi sento stupida quando sono con lui.»

Il suo tentativo di svicolare non mi è sfuggito. Pensa di avermi fregata, ma non sa con chi ha a che fare. Mi appoggio allo schienale della sedia e la guardo negli occhi così intensamente che alla fine cede.

«Non va a scuola... ha diciotto anni.»

«Che...»

«Prima di farmi la predica» mi interrompe, «ti ripeto che è innamorato di me e mi tratta bene. Non sono più una bambina. Me la cavo, e ricorda che passo la maggior parte del tempo da sola».

«Sei ingiusta a dire così.»

«Ma è la verità. Ho già Liam che pensa di essere mio padre, non ho bisogno che tu mi faccia da madre. Ho bisogno di una sorella maggiore, Lulù.»

«Mi preoccupo per te. Non vorrei che lui approfitti della tua ingenuità.»

«Wow, grazie per avermi dato dell'idiota.»

E mi lancia lo stesso sguardo omicida di suo fratello. Con la differenza che non posso cancellarlo con un bacio.

«Non è quello che intendevo.»

«Sì, invece. Stai insinuando che sono una ragazzina che non sa come usare il cervello.»

«No, ma non voglio che ti costringa a fare qualcosa che ti metta a disagio.»

«Non è così.»

Cala un silenzio pesante, ma alla fine lei dice: «E voglio dimostrartelo. Ma per farlo devo chiederti un favore».

«Ora ho paura» la prendo in giro.

Lei ride e si getta i capelli su una spalla.

«Vuole che parli di lui alla mia famiglia. Così sarebbe più facile incontrarci, potremmo vederci a casa, senza dover sempre uscire.»

«Perché non andate a casa sua?»

«È mezz'ora di autobus e poi non lo so… non mi piace andarci. Sua madre è malata e ho l'impressione che lui non voglia che la veda in quello stato.»

«Non deve essere facile per lui.»

«Sì, è l'unico che se ne occupa.»

Fa un respiro profondo.

«Vorrei che lo incontrassi» mi supplica con gli occhi. «Così puoi vedere quanto è fantastico e preparare un po' il terreno per Liam.»

Accetto senza esitare. Le voglio bene e voglio che il sorriso sulle sue labbra non scompaia mai.

«Va bene.»

«Davvero?» chiede, tutta felice.

«Sì, voglio incontrarlo. Ma se non mi piace devo dire la verità a tuo fratello. E sarà poi lui a decidere se vuole conoscerlo.»

«Ti piacerà» dice Charlie con entusiasmo, alzandosi dalla sedia per abbracciarmi. «Questo fine settimana?»

«D'accordo, *Pumpkin*.»

«Grazie, grazie!»

E mi ricopre di baci.

Dobbiamo attraversare tutto il centro commerciale per raggiungere la fermata dell'autobus. E per tutto il tempo Charlie non fa altro che parlarmi del suo ragazzo. Gli ha dato la buona notizia e, a quanto pare, è emozionato come lei. Mi sta raccontando la loro conversazione quando si ferma di botto. Le sue unghie affondano nel mio avambraccio. Seguo il suo sguardo preoccupato fino a un gruppetto di tre ragazze. Ne riconosco una.

«Chi è?» domando, per confermare i miei sospetti.

Charlie impiega diversi secondi per aprire la bocca e rispondere.

«La rossa è Tallulah, la peggiore è lei. Le due brune sono Zora e Riley.»

Riley, la sua unica amica. Il suo unico punto di riferimento a scuola, a quanto sembra, ha cambiato schieramento. Quanto a Tallulah, la fissa come se fosse un insetto da schiacciare.

Char quasi mi implora di prendere un'altra uscita per non passare davanti a loro, ma non ce ne sono.

«Quelle ragazze ti danno fastidio? Anche Riley? Cos'è successo?»

«Niente che non sia in grado di gestire, te lo prometto. E con Riley non siamo più amiche, succede.»

Ma il suo corpo la tradisce.

«Stai tremando, Charlie.»

Il terzetto si mette a bisbigliare e ridacchiare. Charlie abbassa la testa. Stringo i pugni. Come si fa a essere così cattive a quattordici anni?

Prendo le mani di Charlie per cercare di calmarla. O forse per calmarmi. Sono a un passo dal commettere un omicidio.

«Dimmi la verità, Char.»

«È ancora più brutta con quel rossetto color pisello» dice Tallulah, abbastanza forte da farsi sentire. Le altre due scoppiano a ridere.

Queste idiote hanno già visto un pisello? Automaticamente, Charlie si pulisce le labbra con il dorso della mano, mentre gli occhi azzurri si riempiono di lacrime. Mi va il sangue alla testa. È questo il tipo di commenti che deve sopportare ogni giorno a scuola? Non posso fare a meno di chiedermi se i messaggi che ha ricevuto mentre eravamo a casa venivano da una di quelle stronze che continuano a parlare ad alta voce e a prenderla apertamente in giro. Non posso lasciarle fare. Quando sto per reagire, però, Charlie mi afferra il braccio e mi implora di andare via. Valuto i pro e i contro. Respiro a fondo dal naso per alleviare la tensione. Poi lei mi tira il braccio per costringermi a camminare.

«Grazie per non aver detto nulla. Altrimenti domani me l'avrebbero fatta pagare.»

«Char, perché non l'hai detto a Liam?»

Lei alza le spalle.

«Abbaiano ma non mordono, te lo assicuro.»

«Devi parlarne con un adulto.»

«Non preoccuparti, non durerà ancora molto.»

La sua risposta mi fa trasalire, ma la mia domanda viene coperta dal suono di un clacson.

«Non avrei mai lasciato le mie due ragazze preferite tornare a casa con l'autobus» dice Liam.

Il sorriso di Charlie è sincero, il mio è teso.

«Torno subito, vado un attimo in bagno» dico, facendo un passo indietro. «Non riesco a tenerla fino a casa.»

Corro via prima che abbiano il tempo di rispondere. A ripensarci, credo che sapessi che quello che stavo facendo era sbagliato. Sapevo che avrei dovuto rispettare il suo desiderio e aiutarla in altri modi, ma non ci riuscivo. Charlie era la sorella di Liam, quindi, per estensione, la mia famiglia. Dovevo difenderla.

Ritrovo le due brune dove le abbiamo lasciate. Ma quella che voglio è più lontana, impegnata a guardare la vetrina di un negozio di vestiti. Tallulah non mi vede arrivare. Le afferro con forza il braccio e le affondo le unghie nel bicipite. La trascino dietro un chiosco di hot dog deserto. Quando prova a divincolarsi stringo la presa. Non me lo aspettavo, ma non fa scenate. Si limita a un sorriso tirato. Nel profondo, resta un'adolescente. La sua schiena colpisce il muro. Non può muoversi, per andarsene dovrebbe spingermi e ho troppa rabbia che mi scorre nelle vene per lasciare che ciò accada.

«Lasciami andare.»

«Stai zitta» sibilo. «Solo perché tu sei triste non significa che debbano esserlo anche gli altri. Non so perché te la prendi con Charlie, anche se ora che ti guardo più da vicino capisco il tuo senso di inferiorità. Ti do un consiglio: lasciala in pace, altrimenti ti dimostrerò cos'è una vera bulla. Scoprirò tutti i tuoi segreti, e se non ne hai me li inventerò e li racconterò a tutta la scuola. E tutte le tue amiche ti volteranno le spalle. Non te lo ripeto, stai lontana da Charlie.»

Mi allontano da lei con un sorrisetto compiaciuto stampato in faccia, ma con la paura di aver peggiorato le cose che mi attanaglia le viscere.

Il viaggio verso casa si compie in religioso silenzio, con *Carry you* di Ruelle Forever che suona negli altoparlanti. Quando entriamo nel vialetto davanti a casa sua, Charlie si sporge verso di me e mi bacia sulla tempia.

«Grazie di questa giornata, Lulù. Sei la migliore, non dimenticherò quello che hai fatto per me. Ti voglio bene.»

«Ti voglio bene anch'io, *Pumpkin*. Ci vediamo domani.»

«Domani?» chiede.

«Vengo a pranzo con te, se vuoi.»

«Promesso?»

«Promesso. E anche tutti gli altri giorni. Sarà comunque più salutare che mangiare caramelle alla frutta con questo idiota» dico, indicando Liam.

Lui mi tira la coda di cavallo in segno di protesta mentre Char scende dalla macchina, il viso illuminato da uno dei suoi rari sorrisi. Il cuore mi si riempie d'amore.

Liam intreccia le dita alle mie e si porta la mia mano alle labbra per darmi un bacio nell'incavo del polso.

«Grazie per oggi. Grazie di esserti presa cura di lei» sussurra, con gli occhi chiusi.

La sua voce mi fa vibrare il cuore.

«Lo sai che le voglio bene»

Lui inspira profondamente.

«Ti amo, cuore mio… fino alla luna.»

«Andata e ritorno.»

Poi mi bacia. E mi sciolgo.

Quattro ore dopo

«Sei bellissima» sussurra sulla mia pelle nuda. «Non riesco a credere che tu sia mia.»

«Per sempre.»

Nei minuti che seguono esploriamo i nostri corpi. Ridiamo. Ci tocchiamo.

Ci amiamo.

Ci rassicuriamo. Discutiamo.

Ci amiamo.

Tra le quattro mura della sua stanza illuminata dalle candele, ci promettiamo amore eterno. Giuriamo che nulla ci separerà mai. Sto tremando.

Le sue labbra mi rassicurano.

Le mie carezze lo rilassano.

È il nostro momento. Ci capiamo con uno sguardo.

Siamo pronti. Ci fidiamo l'uno dell'altra. La nostra prima volta, *insieme*. L'abbiamo sognata.

Noi due. Il mio migliore amico. *Il Fuoco della mia Terra*.

«Faccio il più piano possibile. Se vuoi che mi fermi, dimmelo.»

«Ti amo» sussurro.

«Ti amo da impazzire, Lu.»

Poi la porta che aveva dimenticato di chiudere a chiave si apre di botto. Entra Charlie, in lacrime. E Liam si sdraia sopra di me per nascondere il mio corpo nudo.

«Oh, scusate!» strilla lei.

La porta si richiude. Io e Liam emettiamo un lungo sospiro. La nostra notte è finita.

«Mi dispiace.»

«Vai, ha bisogno di te.»

Mi abbraccia così forte che mi sento come se mi sciogliessi in lui. Lo bacio con il cuore che mi esplode d'amore.

«Per domani organizzo una serata indimenticabile.»

Non sappiamo mai quando il nostro mondo rischia di essere capovolto per sempre.

Se avessi saputo che quella era l'ultima volta che lo avrei abbracciato, non lo avrei mai lasciato andare.

13
Liam

♪ *Trauma* - NF

È strano come la paura possa avere il sapore metallico del sangue in bocca.

«Lu?»

Scendo in soggiorno, cercando di non pensare al peggio. Ma più mi avvicino a questa stanza il cui silenzio mi fa fischiare le orecchie, più mi si stringe la gola.

«Luna?» chiamo.

Sono le due e mezza del mattino.

Se avesse avuto l'insonnia, mi avrebbe svegliato.

Se avesse avuto un'emergenza, mi avrebbe svegliato. Non sarebbe uscita da sola al freddo. Non dopo tutto quello che ci siamo detti prima di addormentarci.

Con le tempie che pulsano, mi infilo il maglione e mi dirigo in fondo al corridoio. Premo l'orecchio contro la porta di quella che immagino sia la stanza di Camille, nella speranza di sentire le loro voci. Il silenzio mi fa rabbrividire. Busso. Una volta. Due volte. Alla quinta apro, aspettandomi di trovarle entrambe addormentate.

Ma la stanza è vuota.

Come se mi avessero dato un pugno nello stomaco, le mie gambe si azionano. Corro in cucina e prendo il cellulare.

Squilla.

«Risponde la segreteria di Luna Collins, lasciate un messaggio. Vi richiamerò entro ventiquattro ore.»

Ci provo ancora e ancora. Al settimo tentativo la chiamata viene inoltrata direttamente alla segreteria telefonica. Una paura viscerale mi paralizza i muscoli.

«Cuore mio, rispondi, per favore. Dove sei? Sono preoccupato.»

La pressione nel mio cranio si intensifica. Cinque minuti dopo sono vestito completamente. Giro in tondo in cerca delle chiavi della macchina. Con il cellulare incastrato tra la spalla e l'orecchio, sento che anche la mia chiamata a Matteo viene inoltrata alla segreteria.

«Che cazzo» impreco.

«Amico, lo so che sei nel bel mezzo della tua festa di compleanno, ma non trovo Luna. Richiamami. Ho bisogno delle informazioni che ti ho chiesto.»

Riaggancio e controllo le mie venti notifiche.

Una attira la mia attenzione. Secondo il mio sistema di sicurezza la porta dell'attico è stata aperta circa trenta minuti fa. Deve essere lei. Morgan non lavora stasera. Ma perché?

Lu, mi avevi promesso di non nascondermi più nulla.

Recupero le mie chiavi dallo svuotatasche all'ingresso. Mi guardo intorno un'ultima volta, sperando di vederla comparire come per magia, e poi mi sbatto la porta alle spalle.

Stringo forte il volante, con i polmoni in fiamme, mentre le ruote sfrecciano sull'asfalto.

In ascensore il cuore mi batte così forte che mi sento svenire. Attraverso il soggiorno con la mente piena di scenari tragici.

«Luna, sei qui?»

Il silenzio mi fa salire la bile in gola. Spengo le emozioni per evitare che il vuoto nel cuore si trasformi in una voragine. Ogni minuto che passa è più pesante del precedente. *Accidenti, Luna, a che gioco stai giocando?*

E lì la sento. La cicatrice di una ferita passata che torna a tormentarmi.

Ho paura che mi abbia guardato in faccia e abbia giurato di voler stare con me, che abbia promesso di dirmi tutta la verità e che, alla fine, fosse soltanto una bugia. *Come sette anni fa.*

Mi ha mentito. Di nuovo.

Non ha mai avuto intenzione di essere onesta.

No. Mi rifiuto di crederci.

NO!

Mi lascio cadere sullo sgabello della cucina e appoggio la fronte sul marmo dell'isola.

«Non sembri in gran forma.»

I miei muscoli si tendono. Raddrizzo il collo, giro la testa.

Sophy è nel mio attico. Non dovrebbe essere qui.

Dovrebbe essere a Miami.

Indossa un abito da sera con le paillettes blu ed è agghindata come se fosse appena rientrata da una serata mondana. Ma non è tanto il suo outfit a turbarmi, quanto il vuoto abissale nei suoi occhi azzurri. Il sorriso demoniaco sulle labbra rosso sangue. E tutti i pezzi si incastrano nel mio cervello. Mi alzo in piedi in un batter d'occhio.

«Che cosa hai fatto?» sibilo.

Non batte ciglio di fronte al mio tono duro. Lotto con tutte le mie forze per non prenderla per il collo e stringere fino a non sentire più il suo respiro. Mi avvicino a lei e avverto un forte odore di alcol. Ha avuto un'altra ricaduta, ma questa volta non provo alcuna compassione.

«Cosa hai fatto a Luna?»

Sophy sorride, provocandomi un brivido di terrore.

E lì crollo. Perdo il controllo.

La afferro la coda di cavallo e la spingo contro

il comò dietro di lei. Una smorfia di dolore le distorce il volto. Non urla. No, è troppo orgogliosa per farlo, ma il suo respiro accelerato tradisce la sua angoscia.

«Mi hai fatto male» si lamenta.

«Rispondi.»

«Era viva quando me ne sono andata.»

Ho la sensazione di avere una lama nelle viscere.

«Di cosa parli?»

Ha percepito l'incrinatura nella mia voce. E quello che fa dopo non mi sorprende. Sophy Smith si nutre delle debolezze altrui. E io ne ho solo una: Luna.

Scoppia in una specie di risata isterica. La lascio andare di botto, disgustato dalla persona che ho di fronte. Una ragazza che un tempo faceva parte della mia famiglia.

«Dovresti vedere la tua faccia» ride. «Era uno scherzo. Non ho toccato la tua principessa.»

Ha sputato l'ultima parola come se fosse un insulto. Preparo il mio cuore a sentire un *non ancora*, ma non arriva. Sondo il suo sguardo alla ricerca della verità. Se avesse toccato Luna, se ne sarebbe vantata con una ciocca di capelli, un po' di sangue. Qualsiasi cosa per rendere la scena più drammatica.

«Fai in modo di non essere qui quando torno.»

«Mi avevi detto che potevo trasferirmi qui dopo la cura.»

«Era una bugia per farti continuare.»

Per un attimo penso di ringraziarla per avermi aiutato a schiarirmi le idee. Se Luna è scomparsa, non è stato per evitare la nostra conversazione. *Non mi ha mentito.*

Non sapendo dove cercare, esco dall'attico, lasciandola urlare il mio nome. Una volta fuori, almeno, scopro con sollievo che Matt mi sta chiamando.

«Non so ancora dove sia» dico, senza preamboli. «E ho paura che c'entri qualcosa con quella feccia.»

Per interminabili secondi sento soltanto il suo respiro affannato.

«So dov'è» dice Matt, con una voce rauca che mi fa gelare il sangue. «Sto venendo all'attico.»

E riattacca senza darmi il tempo di rispondere. Il suo tono aspro ha fatto tremare tutto intorno a me. Mi riempio d'aria i polmoni per non crollare.

♪ La brezza gelida di fine ottobre che mi accarezza il viso non mi aiuta a calmarmi. Intorno a me, nonostante l'ora, il brusio della vita newyorkese continua. Lo scintillio dei grattacieli e la folla indifferente al panico che cresce dentro di me mi fanno venire voglia di urlare. Meno di venti secondi dopo, uno stridio di pneumatici attira la mia attenzione. La Mustang nera di Matteo si ferma in doppia fila. Corro per raggiungerlo.

«Entra» mi ordina.

Resto quasi paralizzato. Matteo è la calma in persona. Non perde mai il suo aplomb. Eppure, in questo momento un allarme mi risuona nella testa, così forte che il paesaggio intorno a noi scompare.

«Liam, Sali su questa maledetta macchina» dice di nuovo, facendomi uscire dalla mia trance.

Ho a malapena il tempo di montare a bordo che lui è già ripartito. Mi allaccio la cintura. Il silenzio nell'abitacolo è una tortura. I suoi occhi restano fissi sulla strada, le dita strette attorno al volante. Guida in modo nervoso. Supera le altre macchine facendo degli slalom a tutta velocità. Non ho paura, è un pilota eccezionale, mi fido ciecamente. Ma il silenzio, le sue spalle tese e lo sguardo sfuggente fanno accelerare il battito del mio cuore.

«Parla.»

Si sposta sulla corsia di sinistra per sorpassare un taxi.

«Ho trovato delle cose sul telefono di Luna.»

Credo di poter contare sulle dita di una mano le volte in cui l'ha chiamata per nome. La leggera incrinatura nella sua voce mi provoca un'altra fitta al petto.

«Quali cose? Hai il suo nome?»

«Devi essere tranquillo per quello che sto per dirti.»

Frena un po' troppo forte a uno stop, nel momento stesso in cui mi si mozza il respiro. Poi il mio migliore amico mi fissa, per la prima volta da quando abbiamo lasciato l'attico. E quello che vedo mi pietrifica. I suoi occhi sono iniettati di sangue e riflettono qualcosa che mi fa contorcere le viscere. Dolore.

Matteo riparte. Poi, con voce funerea, dice: «Sono entrato nella sua casella di posta. All'inizio non ho trovato nulla di strano, quindi ho recuperato le e-mail cancellate risalenti a sette anni fa. Cinque e-mail, per la precisione. Una a suo padre, una a Camille, una a Travis, una a sua nonna e l'ultima a te».

Un altro semaforo rosso.

«Che tipo di e-mail?»

Matt deglutisce, si passa una mano sul viso e risponde: «Un messaggio d'addio».

Il mio cuore manca un battito, le forze mi abbandonano. Gli occhi mi si riempiono di lacrime al pensiero di un mondo in cui Luna non respira più.

«Matt, non capisco.»

«Tieni.»

Mi passa il suo cellulare. Lo prendo con mani tremanti e il cuore in gola. Il rumore delle ruote sulla strada svanisce quando leggo la prima parola.

Limee,
ti invio una e-mail sperando che l'indirizzo sia sempre lo stesso. Non oso chiamarti per paura di scoprire che mi hai bloccata. Due mesi, quattro giorni e ventitré minuti da quando ti sei trasferito, da quando te ne sei andato senza voltarti indietro. Capisco. Non riesco nemmeno a immaginare il dolore che provi per la scomparsa di Charlie. Sai, a volte la chiamo. Mi ricordo che la sua segreteria telefonica ti faceva sorridere. E rido anch'io, immaginando un mondo in cui lei non mi biasima e io ho preso la decisione giusta. Provo così tanto dolore. Tutto in me è dolore. Non dormo più. Mi basta chiudere gli occhi per vederti felice con Charlie. E poi appare Daniel. Avrei dovuto dirti la verità. Forse oggi saresti al mio fianco. Forse non vorrei buttare giù un flacone intero di medicine. Ma voglio che tutto finisca. Mi sento sporca. Chi mi vorrà dopo quello che mi ha fatto? Tu non mi vuoi più. Volevo soltanto aiutare te, Charlie, la tua famiglia. Sapeva che non avrei permesso che vi accadesse nulla. Il suo ricatto mi ha impedito di essere lì per lei. Liam, tu eri l'ossigeno della mia vita, cosa dovrei fare ora? Daniel mi ha messa in ginocchio, mi ha rubato la dignità. Mi ha contaminata. Mi sento come se ce l'avessi scritto in faccia. Lo leggo negli occhi delle persone che mi fissano per strada. Lo sentono sulla mia pelle, nei miei capelli. Quel giorno mi ha

preso tutto, e tu hai distrutto il resto. Ma non ce l'ho con te. So che il tuo cuore è puro. Forse avrei voluto che mi amassi abbastanza da capire che anch'io avevo bisogno di te. Che se non ero lì, era perché non potevo. Ma promettimi una cosa. Promettimi che non te la prenderai con lui. Non merita di sporcare la tua anima. Io starò bene. Sarò in pace, senza dolore. Spero che starò con Charlie, se non mi odia. Ad vitam æternam, ce lo siamo promessi. Ce l'abbiamo quasi fatta, eh? Ci ameremo in un'altra vita. Te lo prometto. Mi prenderò cura di Charlie come non sono riuscita a fare in questa vita. Non mi pento di nulla. Per favore, vivi la vita che volevo per te. Sii felice, viaggia, ridi. Non incolpare te stesso. Non dimenticarmi. E chiama Cam e Tee, avranno bisogno di te. E mio padre, a lui non ho detto la verità. Stagli vicino, sarà solo. Ti amo fino alla luna… (continua tu). Spero di diventare una stella brillante vicino alla luna, a meno che non si sia preso anche la mia luce. Mi pento di non averti rivelato prima i miei sentimenti. Avremmo avuto più tempo insieme. Sei il mio primo e ultimo amore.

Lu.

«Ferma la macchina» ansimo. «Ferma la macchina, non respiro.»

La cintura di sicurezza mi soffoca. La slego e crollo. Con le mani in faccia, strillo fino a lacerarmi le corde vocali. Urlo tutta la mia disperazione. Le parole che ho appena letto non potranno mai essere cancellate dalla mia memoria. È tutta colpa mia. Il rimorso mi divora da dentro. Sono un pezzo di merda, l'ho delusa. Come ho deluso Charlie. Perché distruggo tutto ciò che tocco. Il volto di Matt diventa livido, una lacrima gli scende lungo la guancia. Non la nasconde, come io non nascondo le mie. Ci guardiamo per un istante e mi sembra di sentire i suoi pensieri. *Hai fatto un casino, amico. Non ti perdonerà mai.* Avrei dovuto ascoltarlo, avrei potuto…

«Ferma la macchina.»

«Non posso fermarmi, Liam.»

«Matt, non riesco a respirare.»

Lui sterza bruscamente e si ferma di colpo nella corsia di emergenza. Apro la portiera e le mie gambe cedono sotto il mio peso, toccando l'asfalto freddo. La bile mi risale in gola. Ma non viene fuori nulla.

«L'ha fatto per me» singhiozzo. «Per proteggere la mia famiglia.»

Matt si accovaccia davanti a me.

«Non lo sapevo. Devi credermi» lo supplico con lo sguardo. «Pensavo che…»

La frase di Char e Luna mi colpisce come un boomerang: *le apparenze ingannano.*

Mi abbandono completamente. Con le dita strette alla sua maglietta, piango tra le braccia del mio migliore amico. E intanto nella mia mente si affollano le immagini di Luna, sola e spaventata. Ricordo il modo in cui l'ho trattata. Le parole dolorose che ho pronunciato.

«Liam, non potevi saperlo» mi rassicura lui. «Eri solo un ragazzino.»

Avrei dovuto saperlo.

«Non mi perdonerà mai, Matt.»

Lui deglutisce, confermando le mie peggiori paure.

«Capisco come ti senti, ma dobbiamo andare.»

Non ho la forza di alzarmi. Come ne usciremo? Come farò a guardarla negli occhi sapendo cosa ho fatto sette anni fa?

Matt mi mette una mano sulla spalla. Mi ritraggo.

«È con lui ora» dice Matt. «L'ha chiamata qualche giorno fa. Mi dispiace, avrei dovuto essere più attento, ma...»

«Dove sono?» lo interrompo.

Le sue iridi marrone scuro rivelano la sua tristezza.

«In un motel lungo la A89. A cinque minuti da qui. Lo stronzo lavora come direttore di reparto in un supermercato da due soldi, riesce a malapena a sbarcare il lunario. Ha un piccolo appartamento squallido fuori Raleigh. È arrivato a New York stamattina, ha fatto il check-in sotto falso nome. Lo stesso che usa per connettersi ai siti porno.»

«Di cosa ha paura, perché nascondersi?» dico, riflettendo ad alta voce. «E perché lei è andata lì da sola dopo quello che le ha fatto?»

A meno che… *no*.

No, Lu.

Il cuore mi batte come impazzito. Infilo la mano in tasca per tirare fuori il cellulare. Con le mani tremanti, apro l'app del GPS pregando tutti i santi e un Dio in cui non credo di sbagliarmi. Ma quando vedo il puntino rosso muoversi, capisco tutto. Mi rimetto subito in piedi.

«Cazzo, cazzo, cazzo!» esclamo. «Le chiavi. Le avevo lasciate in soggiorno, non all'ingresso.»

«Che stai dicendo?»

«Ha usato le chiavi della mia macchina mentre dormivo.»

Matt capisce subito.

«Rapunzel ti ha rubato la pistola per andare da quel pezzo di merda.»

14
Luna

Un'ora prima

♪ *Madness* - Ruelle

Per molto tempo ho odiato il mio riflesso allo specchio. Mi vedevo sporca, debole. Indegna di essere amata. Per anni ho lasciato che il passato marcisse dentro di me, che controllasse ogni aspetto della mia vita. Dal modo in cui mi vestivo alle relazioni con gli altri. Pensavo di non dover essere troppo sexy, troppo attraente, per paura che gli altri si facessero un'opinione sbagliata. Oggi, grazie all'aiuto dei miei amici e della mia ormai ex terapeuta, accetto il mio passato a testa alta. Il mio stupro non mi definisce. Sono più di un corpo ferito. Allo specchio, guardo la mia immagine in modo nuovo, con sguardo potente, indistruttibile.

«Ce la farai» mi dico. «Non puoi lasciarlo vincere.»

Mi raccolgo i capelli in uno chignon, mi tiro il cappuccio della felpa sopra la testa e inspiro a fondo. Guardo il settimo tentativo di chiamata di Liam. Le parole che ha detto nella camera d'albergo a Seattle continuano a risuonarmi nella testa: «Sembrava che ti fossi arresa. Sembravi rassegnata a quello che ti sarebbe successo». Mi ha colpita. Aveva ragione. Avevo rinunciato all'idea di combattere.

Quindi stasera ho deciso di salvarmi. Di affrontare il passato a testa alta.

Di far pagare Daniel.

Metterlo in ginocchio.

Dopo anni di lontananza, è finalmente arrivato il nostro momento di essere felici. Sono innamorata di Liam. Ho bisogno di lui quanto il mio corpo ha bisogno di ossigeno per funzionare. Ma finché ci sarà questo segreto tra noi, la felicità sarà fuori dalla nostra portata.

Non ascolto il suo ultimo messaggio vocale perché non voglio sentire la paura nella sua voce.

Stasera scelgo prima me stessa.

È per noi, Limee.

♪ Sono nel parcheggio del vecchio motel, con il cuore che batte forte. Troppo. Sento un ronzio nelle orecchie. A ogni passo con cui mi avvicino a questa squallida stanza, una vocina dentro di me mi grida di voltarmi e cercare un'altra soluzione. Ma non la ascolto. Continuo a camminare verso la porta numero venticinque, la più lontana dalla reception. La cosa dovrebbe spaventarmi. Se dovessi urlare, nessuno mi sentirebbe. Eppure, con l'adrenalina che mi scorre nelle vene, so di aver preso la decisione giusta. Infilo il telefono nella tasca anteriore della felpa e chiudo gli occhi per un secondo. È ora di respirare e di ripassare il piano. Estraggo con cautela la pistola dallo zaino e controllo che la sicura sia inserita, come mi ha spiegato un tizio su Internet. La nascondo nella tasca posteriore dei jeans e mi abbasso la felpa sul sedere. Mi guardo intorno. L'atmosfera è inquietante. Il vento freddo mi sferza le guance. Il nome del motel che lampeggia aumenta la mia angoscia.

Poi busso.

Una sola volta, come mi ha chiesto. Stringo forte lo zaino, con il cuore pronto a balzarmi fuori dal petto.

La porta si apre con un cigolio lugubre.

La prima cosa che vedo, quando fa capolino per controllare se sono da sola, sono i suoi capelli castano scuro. Mi sono chiesta un'infinità di volte cosa avrei provato rivedendolo. La risposta è chiara: voglio vomitare. Un'ondata di emozioni mi travolge, ma mi rifiuto di arrendermi. Non posso arrendermi. Non di fronte a un bastardo che mi ha rovinato la vita. Non merita né le mie lacrime né le mie notti insonni.

Dopo aver constatato che sono davvero sola,

Daniel apre del tutto la porta e si sposta per lasciarmi passare. Ma i miei piedi si rifiutano di muoversi. Le ginocchia stanno per cedermi. Sento la voce di Liam che mi prega di voltarmi e di farmi aiutare da lui. Poi il mio stupratore apre la bocca, e il ricordo della sua voce piatta agisce come una scossa elettrica.

«Entra, *darling*.»

Quel soprannome. Il mio primo istinto è scappare. Ma è troppo tardi. Tendo i muscoli, raddrizzo le spalle ed entro in quella stanza trasandata. Il rumore della porta che si chiude dietro di me mi fa quasi scoppiare in lacrime. L'odore di urina e di muffa mi fa arricciare il naso. Immersa nel buio, con appena un debole chiarore della lampada sul comodino, mi sento soffocare. La carta da parati beige è logora, il pavimento sotto le mie scarpe è appiccicoso, e non posso fare a meno di pensare che, se dovessi morire stanotte, è qui che mi troverebbe mio padre. Da sola, su un pavimento appiccicoso.

Passo sopra a diverse lattine di birra vuote. Da quanti giorni è qui? Alla fine, trovo il coraggio di guardarlo. La vita non gli ha sorriso, questo è certo. È pelle e ossa, come se un demone lo stesse divorando dall'interno. A giudicare dalle guance infossate, sembra che non mangi da giorni. I capelli castani raccolti all'indietro sono tutto ciò che resta della sua adolescenza. Suda copiosamente ed è paonazzo, agitato come un animale in gabbia.

«*Darling*, sei ancora bellissima.»

Il suo sguardo perverso si sofferma sul mio corpo, un ghigno gli arriccia le labbra. Cerco di deglutire per non vomitare, ma ho la gola troppo secca.

«Non chiamarmi così» sibilo, allontanandomi da lui.

«Pensavo che ti piacesse tutto ciò che è *british*» replica, con un sorriso folle.

Mi concentro su ogni battito del mio cuore per mantenere la calma.

Uno.

Due.

Tre.

Decido di non rispondere. Il silenzio mette le persone a disagio. E tendono a riempirlo parlando molto. Voglio farlo parlare. Deve parlare.

Mi rendo conto di essere contro il muro soltanto perché ci vado a sbattere con la schiena.

«Hai fatto bene a venire.»

Con le braccia incrociate sul petto, si gratta gli avambracci, spostando il peso da un piede all'altro. E poi dalla gola gli esce una risata disgustosa.

«Non guardarmi così, mi eccita.»

Vorrei soltanto sparire. Una parte di me aveva sperato che provasse rimorso. Ma la persona che ho di fronte è uno scarto del genere umano.

«Così come? Con disgusto? Perché non mi ispiri altro, Daniel» sussurro, incapace di trattenermi oltre.

Il mio insulto gli sfiora la pelle, senza penetrare in profondità. Il suo sorriso è terrificante. Comincio a dubitare di aver fatto bene a venire. Come mi è saltato in mente di presentarmi qui da sola? Per non parlare del fatto che nessuno sa dove mi trovo. Devo andarmene.

«Stai tremando» osserva, prima di fare un passo verso di me.

«Non muoverti.»

Il suo sorriso si indurisce. Non mi ascolta. Un altro passo.

«Resta dove sei o mi metto a urlare.»

«Come se qualcuno potesse venire a salvarti» scherza.

Ha ragione. Sono sola. Non verrà nessuno, come negli spogliatoi. Quel giorno avevo sperato tanto che Liam arrivasse. Avevo pregato che potesse percepire la mia disperazione. Avevo sperato che avesse dimenticato una borsa, un calzino, qualsiasi cosa, purché qualcuno venisse a salvarmi. Ma non è venuto nessuno, e non verrà nessuno nemmeno oggi. Non mi resta che prendere in mano il mio destino.

Daniel fa un altro passo. Di fronte al suo sguardo perverso ho di nuovo sedici anni. E crollo.

Gli punto la pistola contro.

«Wow, wow» dice lui, alzando le mani in segno di resa. «Non sparare, ok? Non ti tocco. Abbassa la pistola. Volevo solo spaventarti. Divertirmi un po'.»

«Sei davvero un povero idiota. Dimmi perché sono qui o sparo.»

«Hai bisogno del mio aiuto» dice lui all'improvviso.

«Come, scusa?»

Una risata sarcastica mi sfugge dalle labbra.

«L'unica cosa di cui ho bisogno è che paghi per quello che hai fatto.»

Le mie dita iniziano a tremare.

«Abbassa la pistola, Luna» farfuglia lui. «Ti spiegherò tutto, ma è un dare e avere. Ho bisogno di un favore.»

Stavolta scoppio a ridere di gusto. Devo essere in un universo parallelo. Non c'è altra spiegazione. Daniel mi fissa come se fosse offeso dalla mia reazione. Il suo corpo si tende ogni volta che il mio braccio si muove. Siamo distanti appena un metro. E stavolta sono io a vedere la paura nei suoi occhi. Il sudore gli cola dalla fronte come a un vecchio maiale.

«È… quel ragazzo…» continua. «Non posso fare un passo senza che lui lo sappia. È dappertutto nella mia testa.»

Indietreggia contro il muro alle sue spalle, quasi strappandosi i capelli. Tira forte, come per rimuovere questa persona dai suoi pensieri. Le sue pupille si muovono in tutte le direzioni. Mi sembra di assistere dal vivo alla discesa di un uomo agli inferi.

«Il tuo numero non funziona con me.»

All'improvviso non si muove più. Si raddrizza. Rigido. Mi fissa senza vedermi. Un brivido mi corre lungo la schiena.

E poi con un filo di voce dice: «Ero geloso di Liam. Quel tizio non aveva nulla. Una casa normale, un padre assente, ma tutti lo adoravano e lo temevano al tempo stesso. Aveva un gruppo di amici pronti a fare qualsiasi cosa per lui, un futuro radioso. *E te.* Da quando sei arrivata al liceo ho fatto di tutto per attirare la tua attenzione, ma tu vedevi soltanto lui, per te contava soltanto Liam Davis. Lo guardavi con gli occhi a cuore e quello stronzo non si accorgeva di niente. Come poteva non accorgersi di nulla? E poi, non so come, deve aver commesso un errore e tu finalmente mi hai degnato di uno sguardo. Non ci credevo. Ero al settimo cielo, finché non ti ho baciata. E ho capito che non mi avresti mai amato. Ma non mi importava, l'importante era avere te. Poi ti ho vista uscire dallo sgabuzzino e sono andato fuori di testa. Avevi osato fare sesso con lui sotto il mio naso. Dovevo farvela pagare. Ho atteso pazientemente. Vi ho spiati. Ho notato i vostri incontri del martedì e del giovedì sulle gradinate del campo da football. Lo consolavi. Il grand'uomo era nel panico per un paio di incubi. Non credevo alle mie orecchie. Era quello il tipo di ragazzo che volevi? Un piagnucolone? Quando ho sentito il suo segreto, ne ho approfittato per separarvi e farti mia».

«Violentandomi...»

Il suo sguardo malvagio si posa di nuovo su di me.

«Una fellatio non è uno stupro, *darling*» sogghigna. «Non essere drammatica. Avresti potuto dire di no, ti ho lasciato una scelta. Mi avevi fatto eccitare quando stavamo insieme. Me lo dovevi. Mi sono preso quello che era mio di diritto.»

Le sue parole sono come uno schiaffo in faccia. A quanto pare, si diverte ancora a schiacciarmi, a trattarmi come se fossi un insetto.

«Non avevi nessun diritto sul mio corpo. Mi hai costretta. Avevo detto di no.»

«Dopo aver detto di sì.»

Ricordo quel giorno come se fosse ieri. La paura, l'angoscia, lo stress. Dopo aver posato le labbra sulle mie, mi ha ordinato di entrare negli spogliatoi, mi ha obbligato a fare sesso orale con lui, mi ha eiaculato in faccia per umiliarmi ancora di più. Non ero più umana ai suoi occhi. Sento ancora le sue dita tra i miei capelli, lo schiaffo che mi ha bruciato la guancia perché avevo gridato troppo forte, le sue parole degradanti.

Fissa le mie dita tremanti attorno al calcio della pistola.

«Mi hai fatta inginocchiare davanti a te» urlo. «Mi hai infilato il tuo cazzo in bocca finché non ho vomitato sul pavimento. E tu ridevi.»

Mi asciugo le lacrime che mi rigano le guance con un gesto rabbioso.

«Metti giù la pistola, *darling*, prima che qualcuno si faccia male.»

«Non chiamarmi così, ti ho detto. Come ci si sente a ruoli invertiti, eh? È bello sentirsi alla mercé di qualcuno, spaventato, senza via d'uscita? Potrei semplicemente premere il grilletto e *puff*, scompariresti dalla mia vita per sempre. Non mancheresti a nessuno.»

«Saresti stupida a uccidermi. Ti giuro che hai bisogno di me. Ma non dirò niente finché continui a puntarmi la pistola addosso.»

«Non mi interessa la tua storia» grido, costringendolo a fare un altro passo indietro.

E poi qualcosa si spezza dentro di me. Tolgo la sicura della pistola. Il rumore metallico lo spaventa.

«Mettiti in ginocchio» ordino.

«Non fare così, *darling*.»

«IN GINOCCHIO» urlo.

«Va bene, va bene» dice, obbedendo. «Ti dico tutto, ma non sparare. Lo scorso marzo, un tizio che non avevo mai visto si è avvicinato a me e mi ha detto che sapeva che ti avevo… violentata. Che poteva dimostrarlo e che avrebbe vuotato il sacco se non avessi obbedito ai suoi ordini. Voleva che ti spaventassi molestandoti. E sempre lui mi ha dato dei soldi per seguirti e mi ha detto dove trovarti a Seattle. Ma sono stufo, e quindi mi servono dei soldi, per liberarmi di quel bastardo malato di mente.»

«Non credo a una parola.»

Tremo da capo a piedi. La pistola pesa sempre di più sul mio braccio teso.

«Pensaci, Luna. Il mio scopo era separare te e Liam. Volevo far girare delle voci sulla tua infedeltà, ma poi sua sorella è scomparsa. E vi siete separati senza che ci fosse bisogno del mio intervento. Non avevo interesse a darti fastidio dopo tanti anni. È stato questo tizio a costringermi.»

«Stai zitto!» esclamo, furiosa. «Se non mi avessi violentata, sarei potuta arrivare all'appuntamento con Charlie. È tutta colpa tua!»

Le mie lacrime scorrono senza fermarsi. Ogni respiro è più doloroso del precedente.

«Luna» mi avverte lui, con gli occhi fuori dalle orbite. «Metti giù quella pistola prima di fare qualcosa di stupido.»

«No.»

«Tu e Liam siete in pericolo» farfuglia. «È la verità. Abbassa la pistola.»

Nella mia testa tutto è confuso. Non so più cosa pensare.

«Chi è questo tizio?»

Daniel si rilassa leggermente.

«Dammi cinquecentomila dollari e ti dico tutto.»

«Pensi che io abbia tutti questi soldi?» chiedo, ridendo amaramente. «Sei ancora più malato di quanto pensassi.»

«Tu no, ma Liam è ricco sfondato. Non ti negherà nulla.»

E all'improvviso mi è tutto chiaro. Tutte le sue bugie, tutti i suoi giochi mentali per farmi impazzire. Erano per i soldi.

«Sei un pezzo di merda» sbotto. «Cosa vuoi? Dei soldi per comprarti della droga? Una macchina, magari? Hai deciso di provare a manipolare quella povera idiota di Luna, eh? Eri convinto che fossi ancora debole. Ma sai una cosa, Daniel? Sono una sopravvissuta. Quel giorno mi hai spezzato qualcosa dentro, hai sporcato il mio corpo, ma non hai distrutto la mia anima. Non hai vinto, non ti lascerò decidere il mio valore. Sorrido ancora, ho un lavoro incredibile, amici fantastici e un padre che ti ucciderebbe se sapesse che mi hai toccata. E ho Liam. *Liam*. Avevo paura di dirgli che lo amavo per timore che succedesse di nuovo qualcosa di brutto. Ma non sarai più tu a decidere della mia vita. Ora esco di qui, vado a cercarlo e gli racconto tutto. Sono forte, intelligente e con tanto amore da dare. E tu guardati, sei piccolo e miserabile.»

Sotto i suoi occhi sporgenti, tiro fuori il cellulare dalla tasca.

«Ci vediamo in tribunale.»

Quando si rende conto che ho registrato la nostra conversazione, un bagliore sinistro lampeggia nei suoi occhi.

«Stronza» sibila. «Spero che tu muoia.»

Si alza e corre verso di me.

Il resto avviene al rallentatore.

Premo il grilletto.

Nella stanza risuona uno sparo.

Vengo spinta all'indietro dal rinculo. Il proiettile gli colpisce la spalla destra. E Daniel crolla in ginocchio.

«Mi hai sparato» ansima, premendosi la ferita.

Sangue.

Tanto sangue.

Lascio andare la pistola, che cade a terra con un tonfo sordo. Mi sento come se fossi uscita dal mio corpo. Mi vedo in piedi, a piangere, con il mio stupratore in ginocchio davanti a me. Sto tremando. L'odore della polvere da sparo mi brucia il naso. Penso di essere sotto choc.

Ho sparato a una persona.

Ho sparato a una persona.

Daniel inizia a piagnucolare.

Provo a urlare, ma non viene fuori nulla.

Non c'è aria nei miei polmoni, quindi come faccio a essere ancora in piedi?

A quel punto la porta si apre di schianto. La serratura cede.

Liam.

Lo segue Matteo, che si chiude la porta alle spalle.

I suoi occhi iniettati di sangue si posano su di me.

I nostri sguardi si incrociano. Il mio è pietrificato. Il suo è devastato. Nel profondo dei suoi occhi si agita una rabbia omicida.

Odio.

Perdono.

Amore.

Lui sa.

Liam sa tutto.

Il suo petto si alza e si abbassa al ritmo del suo respiro affannoso. La mascella è serrata, le pupille nere. Guarda l'arma a terra, poi le mie dita. E visto che sono convinta che condividiamo la stessa anima, lo sento chiedermi: «Ti prego, dimmi che stai bene». Annuisco, mentre qualcosa dentro di me si frantuma.

Ai miei piedi, Daniel urla di dolore. Liam sbatte le palpebre. Una volta. E in un istante ogni emozione umana scompare, lasciando il posto a un'espressione gelida.

I suoi occhi verde intenso sono vacui. Liam si lancia verso Daniel con un ruggito gutturale. Lo afferra per la collottola e lo scaglia contro il muro. Poi lo colpisce. Ancora e ancora. Sono paralizzata. Lo choc mi impedisce di muovermi. Intorno a me regna il caos più totale. I gemiti di Daniel, le botte di Liam e Matteo rigido come una statua.

«Liam, NO!»

Non so se ho urlato davvero. Mi brucia la gola, mi fischiano le orecchie. È tutta colpa mia. C'è sangue ovunque. Liam è in trance, produce rumori disumani. Non lo riconosco più.

«Matt, fai qualcosa» lo imploro. «Lo ucciderà.»

Lo scuoto per le spalle, ma lui non reagisce. Guarda semplicemente il suo amico uccidere un altro uomo.

«Matt, per favore» singhiozzo. «Andrà in prigione.»

Urlo così forte che quasi mi provoco il vomito. Lo prendo a pugni sul petto per costringerlo a muoversi, ma lui si rifiuta di intervenire.

«Se lo merita» dice, con una voce così calma che mi fa gelare il sangue.

Scuoto la testa. Non capisco. Poi corro da Liam, ora a cavalcioni su Daniel, con le dita strette intorno alla sua gola. Gli tiro il braccio, urlando con tutte le mie forze.

«Non ucciderlo!»

Ma non succede nulla. Liam non allenta la pressione. Ho le guance rigate di lacrime. Lo sto perdendo.

«Mi avevi promesso che saremmo rimasti insieme stavolta.»

Come se le mie parole lo avessero risvegliato, si volta verso di me, con gli occhi gonfi di rabbia. Ma quello che mi colpisce è il dolore. Daniel tossisce, soffocando con il suo stesso sangue. Il suo volto è irriconoscibile. Il suo corpo è ridotto a una bambola di pezza.

Metto le mani sulle guance di Liam per riportarlo da me, per radicarlo alla realtà. Le sue guance, il suo collo, le sue dita, tutto è macchiato di sangue. Quando i nostri occhi si incontrano, però, il suo sguardo si ammorbidisce. Gli prendo la mano per aiutarlo ad alzarsi.

«Se lo uccidi, non avremo mai il nostro lieto fine, Liam.»

«Mi dispiace, Piccola Luna. Mi dispiace. Mi dispiace. Perdonami. Non avevo capito.»

La sua voce è un sussurro. Appoggia la fronte sulla mia e ripete questa frase un'infinità di volte. Poi si impossessa delle mie labbra. Le sue dita affondano nei miei fianchi mentre io passo le mie tra i suoi capelli. I nostri cuori battono all'unisono, disperati, feriti, ma insieme. L'ossigeno torna nei miei polmoni. L'intensità del nostro bacio mi colpisce allo stomaco. Eppure, nel momento in cui lascia le mie labbra, la sento. Una sensazione da ultima volta. Il suo sguardo tormentato scruta ogni angolo del mio viso, come per imprimerselo nella memoria. Scuoto la testa.

«Non farlo, ti prego.»

«Ha toccato la cosa più preziosa che ho.»

Quando prova ad allontanarsi gli affondo le unghie negli avambracci, ma lui me le toglie una per una, spezzandomi il cuore. Liam si china per raccogliere la pistola da terra. Cancella le mie impronte dall'impugnatura con la manica del maglione.

Resto a guardarlo. È metodico. Distaccato.

«Mi hai fatto innamorare di nuovo di te!» grido.

Continua a muoversi all'indietro. Lontano da me, più vicino all'oscurità. Prendo il telefono che era caduto a terra.

«Ho registrato tutto, andrò dalla polizia, Liam. Marcirà in prigione. È finita. E se anche rivelasse il tuo segreto, nessuno gli crederebbe. È solo un poveraccio. Troveremo una soluzione. Siamo più forti di lui.»

Esita un attimo, con le lacrime agli occhi, ma poi si rivolge a Matt: «Portala all'attico e chiama Morgan».

Tra di loro aleggia un silenzio denso. Matt si limita ad annuire. Faccio un passo indietro, contro il muro, con le mani davanti a me per impedirgli di avanzare.

«Rapunzel.»

«Stai zitto. Pensavo che fosse un tuo amico. Pensavo che fossi *mio* amico» piango, ancora più forte. «Non lasciargli fare una cosa del genere, Matt.»

Come se le mie suppliche non avessero importanza, Matt si lancia verso di me con l'agilità di un felino. Le sue braccia forti mi afferrano per la vita e mi trascinano fuori. Sento i piedi sollevarsi dal pavimento. Provo a divincolarmi, ma invano. Liam mi guarda scomparire dietro la porta. Chiudo gli occhi. Non voglio vederlo andarsene. Non voglio essere responsabile dell'oscurità della sua anima.

Non ucciderlo.

Scegli me.

Non ucciderlo.

Resta con me.

Mi dispiace.

Matt mi porta in spalla attraverso il parcheggio, fino alla sua macchina.

E nell'aria risuona uno sparo.

15
Liam

♪ *Train Wreck* - James Arthur

«Signore?»

Sono seduto nel SUV di Morgan, con la testa premuta contro il finestrino. Sento la sua voce, ma non riesco ad aprire la bocca per rispondere. Ho anche capito che siamo nel parcheggio sotterraneo del mio attico, che dovrei alzarmi per andare da Luna, per assicurarmi che stia bene, ma le mie gambe non accennano a muoversi. Un peso enorme mi trascina in un abisso senza fondo. Luna mi tende la mano, implorandomi di resistere, ma non riesco ad afferrarla.

«Signore» ripete Morgan. «Dovrebbe cambiarsi prima di andare di sopra.»

Mi porge una maglietta pulita per sostituire quella macchiata del sangue dell'uomo che ha ferito la cosa più preziosa che possiedo al mondo. Alzo lo sguardo sulla mia guardia del corpo. Sul suo volto non c'è traccia del fatto che abbiamo appena commesso un crimine che potrebbe portarci in prigione a vita. È mortalmente calmo, con le mani molto più ferme delle mie.

Prendo la maglietta, slaccio la cintura di sicurezza e mi cambio. Morgan infila l'altra in un sacchetto di plastica. Non faccio domande, i suoi gesti tranquilli mi fanno pensare che non sia la prima volta che si trova a fare una cosa del genere.

«È tutto sistemato, signor Davis. Ho parlato con il signor Diaz, ha già cancellato dalle telecamere di sorveglianza le immagini delle strade che ha percorso, e anche la cronologia della sua amica. Per quanto ne sa il mondo, stasera non è mai uscito dal suo attico e Matteo non è mai venuto da lei. La signorina Luna non è mai salita su un taxi e...»

«È così facile uccidere qualcuno e farla franca?»

Mi tornano in mente i ricordi della morte di Mike, il mio patrigno. Il fatto che mia madre non si fosse mai preoccupata, che a nessuno fosse mai importato della sua scomparsa, né al lavoro né alla polizia. Come se fosse normale scomparire dalla faccia della Terra da un giorno all'altro.

«No» risponde Morgan, con lo sguardo fisso davanti a sé. «Ma con le giuste connessioni tutto diventa possibile. Il denaro governa il mondo, signore. Dovrebbe saperlo.»

Mi limito ad annuire. Ci sono tante domande

che non oso fare perché ho paura di sentire le risposte.

«Dica alla signorina Luna che può dormire sonni tranquilli. Il mio contatto mi doveva un favore e sono certo che non voglia avermi come nemico. La morte di quel bastardo, se mi perdona il linguaggio, sarà trattata come un'overdose da cocaina.»

«Nonostante lo stato del corpo?»

Morgan annuisce. Chiudo gli occhi per un secondo. E subito compare l'immagine di Daniel. Il volto sfigurato, i proiettili conficcati nel suo corpo, la vita che abbandona i suoi occhi. Non so se siano i miei lineamenti incavati o i miei occhi svuotati di ogni emozione a spingerlo, ma Morgan aggiunge: «Mi ha assunto per garantire la sua sicurezza. Ed è quello che ho fatto stasera, signore. I dettagli sono banali, mi creda».

«Come posso ringraziarla?»

Non ci giurerei, ma credo che abbia ridacchiato, o forse sono così esausto che me lo sono immaginato.

«Ho fatto il mio lavoro, signore.»

Fa per aprire la portiera, ma poi si ferma.

«Se mi permette di essere nuovamente sincero, signore, l'ho fatto soprattutto per la sua amica. Mi piace davvero la signorina Luna. E mi piace molto anche la persona che lei è diventata da quando è tornata.»

Accigliato, osservo il suo profilo.

«Come fa a essere così rilassato?»

«Abitudine, suppongo. Sono un ex militare, ho visto cose inimmaginabili. Nessuno può uccidere una persona senza conseguenze sulla propria psiche. Ed è una sensazione che non augurerei a nessuno.»

Resta un attimo in silenzio, poi aggiunge: «Quel bastardo ha avuto quello che si meritava. Mi scuso ancora per il linguaggio. Se fosse necessario, premerei di nuovo il grilletto. Andiamo, signore».

Usciamo dalla macchina. La salita verso l'attico è così silenziosa che riesco a sentire il sangue che mi scorre nelle vene.

«Morgan?»

«Signore?»

«Se potesse scegliere tra dire la verità, anche la più crudele, e rischiare di perdere ciò che ha desiderato fin da quando era bambino, oppure non dire nulla e vivere felice, ma mentire per il resto della sua vita, perché sì, sa che quello che vi lega è per tutta la vita, cosa farebbe?»

Un altro pesante silenzio.

«Conosce già la risposta.»

Sospiro.

«La perdonerà. Forse non oggi o la prossima settimana, ma posso garantirle che non si libererà di lei tanto facilmente. È dura e testarda.»

«Diamine se è testarda» dico, con un debole sorriso sulle labbra. «Da piccoli mi puniva con il silenzio. E lei detesta il silenzio. Ma è così ostinata che aveva trovato anche il modo di ridere senza far rumore.»

Lo vedo chinare la testa per trattenere una risata.

♪ La porta dell'ascensore si apre. Morgan se ne va per fare il suo solito giro. Sulla terrazza vedo Camille, Travis e Matt chini sul computer di quest'ultimo.

Sono le quattro del mattino, potremmo essere in un guaio grosso, eppure sono tutti qui. Non so perché, nonostante quello che è successo stasera, questa immagine della mia nuova vita mescolata alla vecchia mi strappa un sorriso. Li guardo inebriato da una felicità che so essere fragile. Una felicità che era a portata di mano e a cui dovrò rinunciare.

Il rumore della porta che si chiude attira la loro attenzione. Ed eccomi qui, di fronte ai miei ex migliori amici. Matteo fa un leggero cenno della testa per confermarmi che ha sistemato tutto, e Camille viene verso di me, mentre Travis rimane dietro di lei. La brunetta si ferma a un metro di distanza e mi scruta come se vedesse un fantasma. I suoi occhi mi fissano per un attimo che sembra un'eternità.

«Liam.»

«Camille» dico, con lo stesso tono piatto.

«Hai ancora lo stesso sguardo bovino.»

«E tu quello da stronza.»

Lei stringe gli occhi. Mi preparo a vederla saltarmi al collo e tagliarmi la giugulare, ma, contro ogni previsione, sorride. Sollevato, mi avvicino a lei per abbracciarla.

«È bello rivederti, Cami.»

Quando sente il soprannome che le avevo dato da piccola, sospira e mi stringe la vita.

«Non sapevo che mi eri mancato, Lia.»

Stavolta tocca a me sospirare per il soprannome da femmina che mi aveva affibbiato per prendermi in giro.

«Anche tu mi sei mancata» confesso. «Anche se avrei preferito che le circostanze fossero migliori. Matteo vi ha raccontato tutto?»

Annuisce contro il mio petto, e nel frattempo alzo gli occhi per guardare Tee. Il mio amico d'infanzia, il cui gracile corpo da adolescente si è trasformato in una montagna di muscoli, mi fissa con le braccia incrociate sul petto e un mix di emozioni che gli induriscono i lineamenti.

Cami percepisce la tensione e mi lascia andare. Faccio un passo verso di lui, ma Tee solleva una mano per dirmi di non avvicinarmi. Ci fissiamo. Prendiamo le misure. Poi lui si gira sui tacchi senza dire una parola.

«È il suo modo di dirti che è felice che tu stia bene» cerca di rassicurarmi Camille. «Dagli tempo.»

Annuisco in silenzio.

«Dov'è Lu?»

«In camera tua.»

La trovo nel mio bagno, con i calzini alti e una delle mie magliette che le arriva alle ginocchia. I suoi occhi pieni di un'infinita tristezza sono fissi nello specchio. Si sta mordendo l'interno della guancia, probabilmente per impedirsi di piangere. Non mi ha ancora notato, quindi mi appoggio allo stipite della porta e mi prendo un momento per imprimere nella mia memoria la sua presenza nel mio spazio. È così naturale vederla qui. *È il suo posto*, penso. Nonostante la tristezza che le distorce i lineamenti, è magnifica. Una bellezza malinconica e pura. Una bellezza su cui si potrebbero scrivere delle canzoni.

Espira forte e abbassa la testa, con le spalle curve. Poi afferra il telefono vicino alla mia spazzola con mani tremanti. Compone un numero e mette il vivavoce. La sua gamba destra si muove freneticamente.

«Per favore, rispondi, Limee. Rispondi, rispondi» mormora.

Il cellulare mi squilla in tasca. Il suono le fa alzare la testa di scatto. Quando mi vede nello specchio chiude gli occhi, come se temesse che sia un miraggio. Poi tira un sospiro di sollievo.

«Stai bene» sussurra. «Stai bene.»

Mi avvicino a lei, le scosto i capelli bagnati dalla spalla e le poso un bacio nell'incavo del collo. Guardo lo specchio e vedo una lacrima scorrere lungo la sua guancia.

«Stai bene» ripete.

«Sto bene, cuore mio.»

Lei annuisce più volte, ma le sue labbra tremano.

«Lui è… la polizia… e tu…?»

«Respira, Lu.»

Si riempie i polmoni d'aria ed espira dal naso.

«Ecco, brava.»

Prendo la spazzola e inizio a pettinarla. Per qualche secondo sentiamo soltanto il rumore delle setole che passano attraverso le ciocche bagnate. Nessuno dei due interrompe il contatto visivo.

«È morto» dico alla fine.

Lei si porta una mano tremante alla bocca per soffocare un grido.

«Non l'ho ucciso io. È stato Morgan.»

Luna si blocca.

«Ho sentito uno sparo.»

«Volevo spaventarlo, volevo che quel cane si pisciasse addosso. Avrei voluto che mi implorasse di risparmiarlo, ma non riusciva più a parlare.

Avrei potuto sparare. Morivo dalla voglia di farlo, Luna. Ma non ci sono riuscito. Sapevo che non volevi.»

«È la verità?»

«Girati.»

Lei obbedisce.

«Guardami negli occhi, Luna. Qui è dove troverai tutte le risposte. Nessuno sa leggermi come fai tu.»

Il suo sguardo si fissa così intensamente nel mio che un brivido mi attraversa il corpo. Non mi tocca, ma sento le sue mani su di me. Dappertutto. E il mio cuore quasi cede. Sono così innamorato di questa ragazza che darei la vita per lei, se ciò potesse risparmiarle il dolore che sto per infliggerle.

«Non stai mentendo» sussurra, e poi sospira. «Dimmi cos'è successo.»

«Ti dirò tutta la verità, ma devi promettermi che sei sicura di volerlo sapere.»

Ci pensa per un momento, mordicchiandosi il labbro.

«Tu e Morgan correte il rischio di finire in prigione?»

Scuoto la testa.

«È finita, Lu.»

«È finita» ripete. «Allora non voglio sapere nulla.»

Sollevato dalla risposta, riesco a offrirle un debole sorriso. Non voglio affliggerla con immagini macabre.

Luna mi abbraccia. Affondo il naso nel suo collo. Inspiro il profumo naturale della sua pelle mescolato a quello del mio bagnoschiuma. Mi impregno di lei. Il suo cuore batte forte contro il mio petto, mentre il mio sembra fuori dal mio corpo, perché so che quando parlerò lei lo porterà via con sé. Non ne ho bisogno, comunque, appartiene a lei. Luna bacia ogni centimetro del mio viso.

«Perché?» chiedo, nel suo collo.

Lei rompe il nostro abbraccio. Non devo specificare a cosa mi riferisco. Le lacrime le scendono lentamente sul volto. Come sempre, le cancello con i pollici.

«Mi dispiace averti nascosto una parte della storia. Non volevo che ti sentissi in colpa, perché non ti ho mai incolpato per la scelta che ho fatto. Non volevo che restassi solo» singhiozza. «Tua madre sarebbe finita in prigione. La tua vita era già stata abbastanza complicata, volevo che per una volta tutti i tuoi sogni si realizzassero» spiega, posandomi le mani sulle guance.

«Cuore mio» sussurro. È solo quando lei mi asciuga le lacrime che mi rendo conto che sto piangendo. «Eri tu, il mio sogno. Una vita con te era tutto ciò che volevo.»

«Ma lui mi ha fatto dubitare di me, pensavo

che non mi avresti più voluta. Che sarei stata troppo sporca per te… e che lo avresti ucciso e, alla fine, ti avrei perso.»

Il mio petto è squarciato in due.

«Non mi perderai mai, capito?» la rassicuro. «E quindi è per questo che volevi… non riesco nemmeno dirlo ad alta voce, Lu.»

Se immagino un mondo senza le sue risate, un dolore immenso minaccia di spezzarmi.

«Morire» dice. «Matt mi ha raccontato come avete scoperto la verità. Dovrei avercela con te per non aver rispettato la mia privacy, ma capisco perché l'hai fatto.»

«Cos'è successo? Perché…»

«Avevo impostato una sveglia per inviare le e-mail alle otto in punto di quella sera. Verso le sei, però, ho ricevuto un messaggio di mio padre che diceva che aveva appena portato a termine un intervento al cervello. Sosteneva di essere riuscito a vedere i pensieri del paziente. Stava cercando di farmi ridere, perché non parlavo da due mesi. E non lo so, il suo tentativo di farmi stare meglio mi ha spezzato il cuore. Pensava che fossi triste a causa della nostra rottura. Non potevo farlo» sussurra. «Non potevo lasciare mio padre da solo. È grazie a lui se sono ancora qui.»

Nonostante il dolore, le brillano gli occhi quando parla di suo padre.

«Sarei venuto a prenderti, Lu. Se avessi preso quelle pillole, sarei venuto da te. Non so cosa farei senza di te» dico, liberandomi dal suo abbraccio.

Mi sento soffocare in questa stanza, come se i muri si chiudessero attorno a me. Non riesco più a respirare. Mi allontano da lei per andare in camera da letto.

«Sei arrabbiato con me?»

Incapace di sopportare la sofferenza nella sua voce, chino la testa. Mi metto una mano sul cuore. Batte così forte contro il mio palmo che penso che stia per esplodere.

«Non potrei mai essere arrabbiato con te. Ce l'ho con me, semmai» sibilo. «Sono furioso con me stesso per essere stato così stronzo da farti passare la voglia di venire a parlare con me. Sono uno stronzo, Luna.»

«Non dirlo» dice, avvicinandosi, ma io alzo una mano per tenerla a distanza.

La smorfia di dolore sul suo volto mi distrugge.

«Ce l'hai con me» deduce, tristemente.

«No, mai, lo giuro. Ero così arrabbiato con te che, quando mia madre mi disse che ci saremmo trasferiti, ero sollevato di non vederti più. Ma quando dovevamo salire in macchina per andare all'aeroporto continuavo a guardare dietro l'angolo, sperando di vederti comparire. Una parte di me voleva che mi chiedessi di restare, e la parte peggiore è che lo avrei fatto, Lu.

Se me lo avessi chiesto, sarei rimasto. Potresti chiedermi di fare qualunque cosa» alzo la voce, mio malgrado. «Ma non sei venuta. Volevo morire, Luna, avevo l'impressione che non mi avessi mai amato, e ti odiavo, ti odiavo mentre tu stavi vivendo una tragedia in silenzio, da sola, per proteggermi. Avrei dovuto saperlo, avrei dovuto essere con te, avrei dovuto essere al tuo fianco. Ho passato sette anni a odiarti e ad amarti contemporaneamente, Luna. Ti ha distrutta nel peggiore dei modi. Ti sei sacrificata per me, ma non lo meritavo.»

«Avevo paura, Liam.»

«Lo so.»

«Ero distrutta. Per anni non sono riuscita a funzionare.»

La vena sulla sua fronte è pronta a scoppiare. Riduco la distanza tra noi, le metto le mani sulle guance umide.

«Non eri distrutta, Lu. Stavi soffrendo. Ma quando ti guardo, oggi, vedo una donna forte e coraggiosa. Puoi essere orgogliosa di dove sei arrivata.»

Il suo sorriso mi devasta.

«Possiamo stare insieme ora. Dimmi che lo vuoi quanto me» dice, scostandomi una ciocca di capelli dalla fronte.

Sussulto. Il suo tocco è doloroso. E poiché ogni parte di noi è in simbiosi, ogni battito del cuore, ogni lacrima sulle nostre guance, le basta uno sguardo per capire che qualcosa non va.

«Che succede?»

Mi stacco dal suo abbraccio. Sto soffocando. Cammino per la stanza, in cerca di aria. Sono stato cieco. Avrei dovuto fidarmi di lei. Nonostante le mie paure, avrei dovuto capire che non era nella sua natura voltarmi le spalle, non essere lì per me. Ed è questa travolgente realizzazione che mi fa perdere la testa. La mia rabbia esplode. È tutta colpa mia. Un urlo di agonia mi squarcia le viscere. Faccio a pezzi tutto ciò su cui riesco a mettere le mani. I vasi, i quadri appesi alle pareti. Ma niente riesce a calmarmi, perché so che non avrò mai pace.

«Liam fermati, mi stai spaventando» grida Luna, tappandosi le orecchie con le mani per proteggerle dal rumore degli oggetti che si schiantano al suolo.

«Sette anni» mormoro, stringendomi il petto. «Sette anni. Avrei potuto… non ci voglio pensare…»

Mi manca l'aria. Ogni respiro affannoso mi ricorda che sono uno stronzo. Luna si avvicina a me lentamente e mi posa i palmi sul petto per calmarmi.

«Devo dirti una cosa, Luna. Devo dirti la verità. Ti amo troppo per essere egoista con te.»

Lei fissa la lacrima che mi scorre lungo la

guancia e stavolta la sento bruciare. Poi le sue dita lasciano la mia pelle. Sento subito la loro mancanza. Fa un passo indietro. Poi un altro. Inciampa in una delle sue scarpe da ginnastica e si chiude in bagno.

«Non importa cosa hai da dirmi, non voglio saperlo.»

La sento piangere attraverso il tramezzo e il mio cuore implode.

«Per favore, Liam. Lasciaci almeno stasera» mi supplica.

«Non posso. Apri la porta, per favore.»

Mi risponde il silenzio. Busso ancora, coprendo il suono dei suoi singhiozzi soffocati.

«Luna, apri, per favore.»

«Mi spezzerai il cuore?»

Annuisco, anche se non può vedermi, perché so benissimo che nel momento in cui quelle parole mi usciranno dalle labbra, il mondo che io e lei conosciamo andrà in pezzi. E non mi resterà che lasciarmi seppellire da una montagna di rimpianti.

L'aria che mi passa nei polmoni si carica di elettricità. Dall'altra parte i singhiozzi di Luna si intensificano. Voglio morire. Senza fiato, appoggio la testa contro la porta scorrevole del bagno. I minuti che passano sembrano ore.

«Piccola Luna...»

Pronuncio il suo soprannome come una dolce

melodia. Lo assaporo sulle labbra, perché presto questo privilegio mi sarà tolto. Sussulto quando la porta si apre.

Il mio piccolo demone, la mia migliore amica, la parte migliore di me. È sulla soglia, con gli occhi arrossati e il viso bagnato di lacrime. Chiude le palpebre e si posa entrambe le mani sul cuore, come per proteggerlo da ciò che sta per arrivare. Quando li riapre, le sue iridi sembrano un lago ghiacciato.

«Ti ascolto.»

La voce arrochita dal pianto è appena udibile.

«Mi dispiace, Luna.»

«Dimmi quello che devi. Sono pronta.»

Non cerco di nascondere le mie lacrime, perché sono il risultato del mio cuore sanguinante. Le prossime parole che usciranno dalla mia bocca me la porteranno via per sempre.

«Ero lì… quel giorno, ero lì.»

Tutto il sangue di Luna abbandona il suo viso. Mi aspettavo di vedere rabbia, ma quello che leggo nei suoi occhi mi distrugge.

È dolore.

Puro.

Vivo.

E capisco che sono io la ragione per cui non staremo mai più insieme. Non riesco a muovermi. Vederla soffrire a causa mia mi strazia nel profondo dell'anima. Sto perdendo Luna. La sento scivolare via e niente di ciò che dirò potrà alleviare il suo dolore.

Me lo hai promesso, per favore, cuore mio. Resta con me.

Ma è troppo tardi. Quello che sento in questo momento non è come perdere il cuore, ma come perdere un polmone. Sono ancora vivo, ma respiro a malapena. E avverto le conseguenze della mia confessione. L'ultimo battito del suo cuore.

L'ultimo battito del cuore di Luna ha spezzato il mio.

16
Liam

Liam 17 anni e mezzo - Luna 16 anni

♪ *It's Ok, Slowed* - Safenokk

Come alla fine di ogni allenamento di basket, l'aria nello spogliatoio è elettrica. Passo dietro a Karl e Alex, che probabilmente stanno litigando su chi ce l'ha più lungo, e rifilo a entrambi uno schiaffo sulla nuca. Cavolo, quanto sono stupidi. Entro nella doccia sotto lo sguardo omicida di Daniel. Lo ignoro, come al solito. Mi fissa in quel modo da quando l'ho pestato per aver diffuso quei pettegolezzi orrendi su Lu. Penso che stia immaginando tutti i modi in cui potrebbe punirmi. Mi fa quasi ridere. Mi piacerebbe vederlo provare.

Quando esco dalla doccia i miei compagni stanno discutendo dell'ultima partita di campionato che si svolgerà tra due giorni. Poi passano a parlare di sesso. E io, come sempre, tengo la bocca chiusa. Quello che succede fra me e Lu sono affari nostri. Non ho intenzione di parlare della nostra vita sessuale con questi idioti. Comunque, li lascio parlare della mia relazione a patto che non dicano nulla di dispregiativo su di lei. Secondo loro andare al college in autunno con una ragazza a casa è una specie di crimine contro l'umanità. Del resto, la cosa più vicina al sesso che hanno fatto in vita loro è guardare i film porno, quindi dubito che ascolterò i loro consigli. La distanza non ci separerà. Luna ha già stilato un calendario con le date in cui verrà a trovarmi e viceversa. La lascio fare, ha bisogno di controllare tutto.

«La distanza fa schifo, amico» dice Jeff. «Siamo troppo giovani per limitare le nostre opportunità.»

«Perché, tu hai mai avuto un'opportunità?»

Partono fischi e risatine. Jeff mi lancia in faccia il suo asciugamano sudato.

«Almeno non sono ossessionato dalla stessa ragazza da quando sono qui» replica.

«È perché da te scappano tutte» risponde Jonah.

Tutti i ragazzi iniziano a ridere, me compreso.

«Dico solo che sarai circondato da strafighe a New York» insiste Jeff. «E lei… ehm. Diciamo che molti ragazzi saranno felici di sapere che non sei nei paraggi.»

«Volete smetterla di dire stupidaggini?» tuona una voce in sottofondo. Sappiamo tutti che è Roman.

«Ma delle altre ragazze non mi importa niente, e per Luna è lo stesso. La sposerò.»

Qualcuno ridacchia alle mie spalle.

«C'è qualche problema, amico?»

Senza guardarmi, Daniel si alza dalla panca, sbatte forte il suo armadietto ed esce dallo spogliatoio. Mi vesto ed esco anch'io. L'aria calda mi colpisce il viso, ma ho i brividi di eccitazione se penso a quello che succederà più tardi.

Farò l'amore con Luna stasera. E stavolta nessuno verrà a disturbarci.

Rifiuto l'invito dei ragazzi a uscire a mangiare e decido di infiltrarmi al pranzo delle mie due donne preferite. Il modo in cui Lu si prende cura di Charlie è commovente e me la fa amare ancora di più, se possibile. Sono certo che quando sarò a migliaia di chilometri di distanza potranno contare l'una sull'altra.

Mi brontola già lo stomaco quando mi metto il telefono all'orecchio per chiamare Luna. Merda. Segreteria telefonica. Ridacchio fra me. Tipico di lei dimenticarsi di caricare il cellulare dopo aver dormito da me. Peccato, le vedrò dopo la scuola.

«Ehi, Jonah» chiamo. «Vengo con voi.»

Mi metto a correre per raggiungerlo. Sono così distratto che vado a sbattere contro un ragazzino, Trey, o Troy, mi sembra. Lo guardo male più per principio che per malizia. Si mordicchia il labbro, con gli occhi fissi sul pavimento.

«Hai qualcosa da dirmi?»

«Io... Lu...» farfuglia.

«Troy, giusto?»

Annuisce, ma continua a rifiutarsi di guardarmi negli occhi.

«Sicuro di stare bene, amico?»

«Liam, sbrigati!» urla Jeff.

Aspetto un attimo che si decida a parlare, ma non dice nulla, quindi mi arrendo.

«Piacere di aver parlato con te» dico, dandogli una pacca sulla spalla.

A metà strada mi guardo alle spalle. Troy è ancora in piedi al centro della palestra e mi guarda. *Molto strano.*

☽ ☽ ☽

♪ Ho passato l'ora di pranzo a mandare messaggi a Char senza ottenere risposta. Di ritorno a scuola, esito tra il passare a prendere Luna a lezione di disegno o andare a recuperare il mio borsone negli spogliatoi. Alla fine, con le gambe doloranti per l'allenamento, scelgo il percorso più breve e opto per gli spogliatoi. Quando giro l'angolo del corridoio, però, quello che vedo mi fa rivoltare lo stomaco.

Il mio cuore sprofonda.

Non respiro più.

Il mio cuore si è fermato.

Me l'hanno strappato dal petto.

Luna me l'ha strappato dal petto.

Luna e Daniel.

La bocca di Daniel su quella di Luna.

Le mani di Daniel sulle guance di Luna.

E il mio cuore calpestato dalle sue false promesse.

Ti amo Liam. Ti ho sempre amato.

Senza fiato, mi nascondo. L'amarezza che si forma nella mia bocca mi dà la nausea.

Il rumore della porta dello spogliatoio che si chiude mi dilania una parte dell'anima.

Sul mio territorio. Perché mi sta facendo questo? Da quando mi tradisce con lui? La sua risatina nello spogliatoio assume tutto un altro significato. Sapeva. Le maledette voci nella mia testa avevano ragione: non sarei mai stato abbastanza per lei.

Ora il cuore riprende a battere. Forte. Di rabbia e di odio. Sfonderò quella porta, mi coprirò le mani del sangue di quel bastardo e cancellerò Luna dalla mia vita. Corro verso lo spogliatoio. Una goccia di pioggia mi cade sulla guancia. La asciugo con un gesto rabbioso. Ne cade un'altra, e un'altra ancora. Alzo la testa. Non sono fuori.

Sto piangendo.

Le lacrime mi scendono lungo le guance senza

fermarsi. Appoggio le mani sulle ginocchia per riprendere fiato e sento rompersi i pezzi del cuore che Luna era riuscita a rimettere insieme. Faccio un lungo respiro e sento che i miei polmoni stanno crollando.

Vai.

No, penserà che sei debole. Che cosa hai intenzione di fare? Piangere davanti a lei?

«Gli uomini non piangono» diceva Mike.

Ti prenderà in giro. Non ti ama. Sei solo spazzatura per lei. Era tutta una bugia. L'amore non esiste, altrimenti papà non avrebbe lasciato la mamma dopo aver giurato di amarla. A Luna non piaci. Non sei degno di essere amato. Hai visto un uomo morire senza fare nulla. Psicopatico.

Violento.

Merita di meglio.

La lascio lì e corro nel parcheggio.

Il cervello mi pulsa contro il cranio. Faccio fatica ad aprire gli occhi. Dove sono? Non ho tempo di trovare una risposta alla mia domanda, perché mi ritrovo a quattro zampe, a vomitare litri di rimpianti, odio, amore. Intorno a me il sole sta tramontando, o forse sorgendo. Il mix di colori mi fa girare la testa. Cazzo. Mi alzo da terra e mi strofino gli occhi. Sono ai piedi dell'albero dove Luna mi ha parlato per la prima volta, al mio fianco una bottiglia vuota di vodka che non ricordo di aver comprato. Il ricordo della mia migliore amica insieme a Daniel, invece, resta intatto.

Ti odio, Luna, penso tra me.

Ma le parole non riescono a uscire dalle mie labbra. Nel profondo del mio cuore so che, nonostante tutto, è una bugia. Tasto il suolo con dita tremanti, alla ricerca del mio cellulare. Ho subito un brutto presentimento quando vedo una cinquantina di notifiche da Camille e Tee. Poi squilla. È Travis. Rispondo con la gola stretta.

«Che cazzo, Liam, dove sei?»

Lo sento rassicurare qualcuno in sottofondo.

«Che vuoi?» abbaio.

«È da ieri sera che provo a chiamarti. Hai visto il video?»

Ieri sera? Ho passato la notte fuori? L'accenno di panico nella sua voce mi fa tornare immediatamente sobrio.

«Che video?»

«Liam... è un video di Charlie.»

Non c'è bisogno che mi dica che è una cosa seria. Travis non mi chiama mai per nome.

Corro a casa con i muscoli e il cuore doloranti, senza smettere di pensare a quel video osceno. Charlie, all'uscita da scuola, trascinata per i capelli in un vicolo. Tre ragazze della sua età la picchiano, la spogliano, le sputano addosso. La mia sorellina è a terra, piange, urla il mio nome, ha il viso sanguinante.

«La tua amichetta non è qui per difenderti, eh?» strilla una delle ragazze, prima di scoppiare a ridere. Il video dura più di dieci minuti. L'hanno abbandonata lì mezza nuda. La bile mi risale in gola e mi fermo per vomitare. Il dolore che provo è insopportabile. Charlie non avrebbe dovuto essere lì da sola ad aspettare. Doveva esserci Luna con lei. Avrebbero dovuto pranzare insieme, come Luna le aveva promesso. Luna avrebbe dovuto essere lì.

«Charlie» urlo, aprendo la porta di schianto.

Silenzio.

«*Pumpkin*!»

Salgo le scale due alla volta. La sua stanza è immersa nell'oscurità. Vuota. Non so se ha passato la notte qui. Torno in corridoio e incontro mia madre che esce dal bagno, pronta per andare al lavoro. Mi fissa con occhi stanchi.

«Hai visto Charlie?»

«Sei tornato ora?» si lamenta lei.

«Mamma, dov'è Charlie? L'hai vista ieri?»

Mia madre sbuffa come se le mie domande la infastidissero, poi, dirigendosi verso le scale, dice: «Liam, ho avuto una serata movimentata, ti prego, abbassa la voce. Sono rientrata tardissimo e devo già tornare al lavoro per sostituire una collega».

Capisco all'istante quello che non ha avuto il coraggio di dirmi, cioè che quando è tornata a casa ieri sera non ha controllato se sua figlia quattordicenne fosse a letto. E nemmeno io, del resto. Allora, mentre si versa una tazza di caffè, le racconto tutto. Il video. L'aggressione. Il tradimento di Luna. È sconvolta. I suoi muscoli si tendono. Le sue pupille si scuriscono. E per un attimo lungo un'eternità regna un silenzio assordante. Poi dice una frase che quasi mi fa fermare il cuore.

«Chiama la polizia.»

Le perquisizioni iniziano dalla stanza di Charlie. Ci tempestano di domande. Quando l'avete vista l'ultima volta? Perché avete aspettato così tanto prima di denunciare la scomparsa di una minore? E poi quelle peggiori: aveva tendenze suicide? Era depressa?

«Mia sorella è stata aggredita» grido a pochi centimetri dal viso di questo bastardo di poliziotto.

Due mani salde mi tirano indietro, mentre mia

madre rimane immobile, con lo sguardo fisso nel vuoto, e poi comincia a borbottare cose incomprensibili, con le tracce delle lacrime ancora visibili sul suo viso pallido.

«Abbiamo visto il video che sta circolando.»

«E cosa avete fatto? Avete interrogato le ragazze?»

Un altro agente lo chiama prima che possa rispondere. Allora mi rivolgo a mia madre.

«Sta bene» cerco di rassicurarla. «Tornerà. Forse ha bisogno di tempo.»

Le parole mi pesano sulla lingua. *Tornerà.* Mi alzo, con il cuore che batte forte. Un rumore di passi dietro di me mi fa voltare.

«Perché mi guardate così?»

L'espressione di pietà sui loro volti mi fa venire voglia di spaccare tutto.

«Abbiamo notato che i suoi effetti personali sono rimasti al loro posto.»

«E allora? È perché tornerà.»

«Non ha portato niente con sé» insiste un agente.

«Mia sorella è stata picchiata e si è nascosta. Sarà da sola in un angolo, spaventata a morte.»

All'improvviso mi è tutto chiaro.

«Il suo ragazzo» sussurro. «Char ha un fidanzato. La mia ragazza… Luna me ne ha parlato ieri. Non ricordo il suo nome. Mamma, deve essere a casa sua.»

Le bacio la fronte, pronto a spaccare tutto per scoprire chi è quel tizio, ma un altro agente si mette tra me e le scale.

«Sento il tuo alito da questa distanza, ragazzo. Non vai da nessuna parte.»

«Non credo proprio. Non può impedirmi di cercarla.»

Mi mette entrambe le mani sulle spalle. Le sue parole successive non hanno senso.

«Non ha preso niente. Niente zaino, vestiti o documenti. Dovete prepararvi al peggio.»

«E il cellulare?»

«Non lo troviamo.»

Mia madre emette un singhiozzo e crolla a terra. Le parole dell'agente sono ancora una cacofonia di suoni. Cosa sta cercando di dirmi?

«Figliolo, abbiamo trovato una lettera sulla sua scrivania.»

L'ultimo briciolo di calma dentro di me esplode come una bomba.

«No! Fatemela leggera.»

«È impossibile. È già sotto sigillo. Ma dovete sapere che non tratteremo questa faccenda come un allontanamento volontario, ma… come un caso di suicidio.»

Scuoto la testa. Ho il cuore a pezzi. Sono confuso.

«Charlie non l'avrebbe mai fatto, non l'avrebbe…»

La mia voce si incrina alla fine della frase. Le parole mi rimangono conficcate in gola.

«Andate a prendere quella cazzo di lettera» dico, spingendo l'agente. «Voglio vederla.»

Il poliziotto arretra di diversi metri.

«Portatelo fuori di qui» abbaia lui a un collega.

«Non mi toccate.»

«Liam, ti prego, calmati» singhiozza mia madre, in ginocchio sul pavimento.

«Non rendere le cose più difficili» interviene una poliziotta.

Mi prende per un braccio e mi lascio trascinare, ormai senza forze. Sono vagamente consapevole di scendere le scale e attraversare la cucina. Ma quello che hanno appena detto gli agenti mi risuona nella mente.

Ho bisogno d'aria. Mi serve aria.

Sto soffocando.

Come se qualcuno mi stesse stringendo le mani al collo. Corro in giardino e vomito.

«Va tutto bene?» mi chiede una voce femminile, con una mano sulla spalla.

«Luna...» sussurro. «Voglio Luna.»

Mi trascino in un angolo del mio giardino, sotto la nostra amaca, e ascolto la mia chiamata inoltrata alla segreteria.

«Lu, dove sei? Charlie è scomparsa. Dicono che potrebbe essersi suicidata. Sta girando un video e... è venuta la polizia, mia madre non riesce a smettere di piangere. Ho paura, Lu... ho paura. Chiamami per favore. Non mi interessa se hai scelto lui, ok? Se è lui che vuoi, va bene, ma vieni, per favore. Ho bisogno di te. Perché non rispondi? Mi avevi promesso che non mi avresti mai lasciato solo. Avevi promesso.»

Il cellulare mi cade dalle mani e scivolo sull'erba fredda.

Me l'avevi promesso, Lu.

Tre giorni senza notizie di Charlie. Tre giorni senza chiamate da Luna. Camille non vuole dirmi dov'è e Tee non sa niente, o forse mi mentono entrambi. Ma non mi lasciano da solo, mi aiutano ad attaccare i manifesti e a frugare tra le cose di Charlie in cerca di un indizio su dove possa essersi nascosta. La pista del suo ragazzo non ha portato da nessuna parte. A quanto pare non è mai andata da lui e la loro ultima conversazione risale alla mattina della sua scomparsa. Chiamo la polizia ogni giorno per avere il suo indirizzo. Sono convinto che lui sappia dove si nasconde. Per me una maledetta lettera non significa nulla. Se solo avessi accettato di incontrarlo come mi aveva chiesto Luna. Invece ho voluto aspettare.

Sapere che mia sorella usciva con un ragazzo della mia età mi spaventava. E ora...

Mia sorella non è morta. Lo sento. Secondo gli agenti, il suo cellulare ha smesso di agganciare le cellule di casa nostra un paio d'ore dopo il video. Ma non l'hanno trovato. Accidenti, un telefono non scompare nel nulla. Se avesse davvero voluto morire, lo avrebbe lasciato nella sua stanza.

Char se n'è andata perché non sopporta più di vivere qui. Lo so. Tornerà.

Il quarto giorno smetto di funzionare. In casa c'è un viavai di gente da mattina a sera. Agenti di polizia, vicini di casa. E solo la vodka rubata a mia madre riesce a lenire la mia solitudine.

Il quinto giorno mi sveglio in preda alla sbornia, come i giorni precedenti. E sento un grido straziante, che mi perseguiterà per tutta la vita. Scendo le scale per andare in cucina. Mia madre è al telefono e trema da capo a piedi. Corro da lei e le strappo la cornetta dalle mani mentre lei cade a terra.

«Mi duole informarvi...»

Per favore, no.

«Scarpe da ginnastica... sangue analizzato... scogliera.»

Farò quello che volete, ma lei no.

«Suicidio.»

Tutto crolla intorno a me. Un peso mi schiaccia il petto. Il mio cuore è un mucchio di vetro frantumato.

No.

«Pronto, signora Davis?»

Mi fischiano le orecchie. Ditemi che è un brutto sogno. Abbiate pietà.

Il mio battito rallenta, forse per fermarsi per sempre.

Come il suo. Mia sorella è morta. Si è suicidata.

☽ ☽ ☽

È stupido, lo so, ma mi aspettavo di vedere il suo viso angelico tra la folla. La vedo dappertutto. A ogni angolo di strada. Ogni risata che sento mi sembra la sua, e la cosa mi fa incazzare. Ho scoperto per caso che mescolando la vodka con l'Adderall riuscivo a sognarla. La mia sorellina si siede accanto a me sul letto o sul divano. La maggior parte delle volte che parliamo, le faccio domande che rimangono senza risposta. *Perché l'hai fatto, Char? Sono stato un fratello così cattivo?* Nonostante tutto, mi piacciono questi momenti con lei, quindi mi organizzo per essere sempre sballato. Più lo sono, meno soffro. E non penso che permetterò mai al mio cuore di funzionare di nuovo normalmente.

Gli abitanti del nostro quartiere volevano organizzare una marcia per Charlie, dato che non si poteva tenere un funerale. «Abbiamo trovato una scarpa da ginnastica e il sangue di sua sorella sotto una scogliera a Creekfield, a trenta chilometri da qui. Pensiamo che si sia tagliata le vene e poi si sia lasciata trasportare dalla corrente. Forse un giorno la ritroveremo». Ho dato un pugno al poliziotto che ha osato guardarmi negli occhi mentre mi dava questa notizia. Perché non rivedrò mai più la mia sorellina, mentre le ragazze che l'hanno aggredita hanno ricevuto qualche ora di lavori socialmente utili e si filmano tutte sorridenti mentre raccolgono lattine sul ciglio della strada. E io devo restare a guardarle, con le mani che mi prudono per il desiderio di vendetta e le domande senza risposta che mi tormentano il cervello. Perché è stata ritrovata così lontano da Carolina Beach? Creekfield? Non avevo mai sentito nominare quel buco dimenticato da Dio. Come era riuscita ad arrivare in un posto così poco servito dai trasporti? Per settimane, dopo la chiamata della polizia, ho preso la macchina e ho girato per la città sperando di vederla. Speravo ancora che si nascondesse. Che sarebbe tornata da me. Mi rifiutavo di ammettere l'impensabile: non ero riuscito a proteggere mia sorella. Ero un debole, come aveva detto Mike. Una nullità che aveva dato priorità alla sua relazione con Luna rispetto a quella con la sorella.

Luna, che non si è degnata di venire a questa stupida marcia. Che non ha mai risposto ai miei messaggi. È tutta colpa sua. Mia sorella è stata picchiata mentre lei infilava la lingua in bocca a quel bastardo. Non riesco a dimenticarlo. Anche lei compare nei miei sogni quando sono sballato. Ma la mando via tutte le volte. Non voglio vederla. Nemmeno ora, mentre sono sdraiato sull'erba del campo da football.

«Liam!» mi chiama.

«Luna?»

I suoi capelli argentei come la luna volteggiano nella brezza leggera. Le sue dita piccole e sottili mi sfiorano le ciocche sulla fronte. Un gesto che amavo. Ma oggi non lo sopporto. Sbatto le palpebre, il sole mi sta accecando.

«Mi dispiace di essere andata via, Liam. Non potevo...»

«Sei davvero qui?»

La mia voce è impastata. Ho la gola secca. Per un attimo penso di attaccarmi alla bottiglia di alcol ai miei piedi per dissetarmi.

«Sono qui, Liam» sussurra. «Mi dispiace di non essere stata al tuo fianco. Charlie non...»

La sua voce si spezza. Le lacrime scorrono. Lacrime ipocrite. False.

Mi alzo a fatica. Gira tutto. Luna mi aiuta a

tirarmi su e detesto la sensazione della sua pelle sulla mia. Le allontano bruscamente la mano.

«Non dire il suo nome» ruggisco. «E non toccarmi mai più. Non avvicinarti a me, Luna. Mi fai schifo.»

I suoi bellissimi occhi grigi sono vuoti. Come i miei.

«Non potevo... io... Liam...» singhiozza.

«Stai zitta» replico, furioso. «Non voglio vederti mai più, capito? È tutta colpa tua. Avevi promesso di non lasciarmi mai. Dov'eri? Sei soltanto un'egoista. Non c'è da stupirsi che tua madre ti abbia abbandonata. Sapeva che le avresti rovinato la vita. Non ti perdonerò mai.»

Mi allontano. Non la guardo. La lascio con una parte di me.

Due giorni dopo mia madre andò alla polizia a recuperare la lettera lasciata da Charlie. E il buco nero dentro il mio stomaco si allargò in un abisso senza fondo.

Sappiate che sto andando in un posto in cui sarò finalmente felice.
Liam, grazie di essermi stato accanto, anche quando ti ho allontanato. Se mi vuoi bene come hai giurato tante volte, stai lontano da Luna. Ha tradito la mia fiducia e un giorno farà lo stesso con te.

Il giorno successivo i nostri bagagli erano pronti.

Due giorni dopo atterrai a Chicago con mia madre. Avevo lasciato le due parti migliori di me a Carolina Beach.

Un legame di sangue è più forte dell'amore eterno.

17
Luna

♪ *Love and War* - Fleurie

♪ Qualcuno ha detto che la nostra anima gemella non è una persona che entra pacificamente nella nostra vita. È una persona che ti fa riflettere e cambia il modo in cui vedi le cose. Al punto da segnarti fin dopo la morte. Da ragazzina mi rifiutavo di credere che fosse così, che fosse stato il destino a farci incontrare. Mi sbagliavo.

Liam è la mia anima gemella.

Eravamo due cuori spezzati che si sono ritrovati nel momento in cui ne avevano più bisogno. Ci siamo guariti, ci siamo protetti, ci siamo amati.

E mentre lo guardo, mentre i suoi occhi verdi implorano silenziosamente il mio perdono, incolpo la vita per averlo rimesso sulla mia strada e avermelo portato via di nuovo in modo così crudele. Artigli affilati mi lacerano dall'interno, ma una sola domanda mi attraversa il cervello. Perché la vita se la prende con me? Perché, mentre sono di fronte alla persona che amo, ho il cuore spezzato? Le parole che ha detto sette anni fa mi tormentano ancora. «Non c'è da stupirsi che tua madre ti abbia abbandonata.» Mi ha uccisa una seconda volta. Due ore dopo la mia aggressione, con le poche forze che mi erano rimaste, avevo chiamato mia nonna inventando una rottura con Liam. La necessità di cambiare scenario. Poco dopo ero su un aereo per Miami. Le vacanze sarebbero iniziate di lì a due giorni, quindi mio padre non trovò strana la mia decisione. Se solo avessi saputo che l'universo mi avrebbe presa in parola. Il messaggio vocale con cui mi informava della scomparsa di Charlie era anche peggio di quello che avevo appena vissuto. Era colpa mia. Perché avevo provocato Tallulah. Perché avevo copiato un compito. Perché il giorno prima non avevo ricaricato la batteria. Perché non ero riuscita a difendermi da Daniel.

Sono stata una codarda. Non gli ho risposto. Non sono tornata, nonostante mi avesse implorato di farlo. Il suo pianto mi perseguita ancora. Ma non avevo la forza di alzarmi dal letto. Vuota. Disgustosa. È così che mi sentivo. Il mio corpo rifiutava il cibo che mangiavo. Mi cadevano i capelli. Stavo perdendo peso. Per due settimane ho lottato per non prendere la lametta che vedevo ogni giorno nel bagno dei miei nonni. Per non farmi male come stavo male dentro. Pensavo che se la mia pelle fosse stata coperta di cicatrici nessun uomo si sarebbe più avvicinato a me. Era un disastro. Affrontare il dolore di Liam senza crollare mi sembrava utopico. Come avrei potuto dirgli la verità quando già soffriva atrocemente? Non volevo essere un peso per lui, quindi non ho detto niente. Ho accettato che mi odiasse sperando che il suo amore per me sarebbe stato più forte, ma mi sbagliavo. Questa storia è stata la nostra rovina.

«Mi dispiace tanto» dice, ora.

La sua voce si spezza e io giro la testa per nascondergli la sofferenza nel mio sguardo. Un nuovo livello di dolore mi scorre nelle vene, facendomi battere forte il cuore, perché lo so. Sento che le sue prossime parole mi uccideranno.

Ci uccideranno per sempre.

«È tutta colpa mia, Luna. Ero lì.» Sembra che fatichi a respirare. «Vi ho visti.»

È un pugno nello stomaco. Liam cerca di avvicinarsi a me, le guance bagnate di lacrime, un dolore profondo nello sguardo. Alzo la mano per tenerlo lontano da me, dal mio cuore.

Era lì?

Con la mano sul petto, cerco di respirare, ma mi manca l'aria. Mi cedono le gambe, mi si annebbia la vista. Sto per svenire.

«Non capisco.»

«Ho pensato… pensavo che mi tradissi con lui» singhiozza.

Mi allontano, non sopporto più la sua presenza. Liam si siede sul bordo del letto, con la schiena curva e la testa tra le mani.

«Oddio» sussurro. Mi copro la bocca con le mani, ma ormai i ricordi sepolti stanno riemergendo.

Il suo messaggio vocale. Le sue parole. Finalmente capisco. *Se è lui che vuoi.*

Cammino su e giù per la stanza, il cuore in gola.

«L'ho visto baciarti, non l'hai respinto. Non capivo… e poi lui…»

Liam piange sempre più forte, le spalle tremano per il rimorso. Non sono sicura di essere ancora in piedi. Non sento più la terra.

Era lì. E non ha fatto nulla.

Non ha avuto abbastanza fiducia in noi. Nel nostro amore. La mia anima sanguina, e realizzo che non importa quante volte rileggerò il libro della mia vita, il finale sarà sempre lo stesso.

Abbandono.

Perdita.

Cuore spezzato.

Barcollo all'indietro e mi aggrappo appena in tempo al comò alle mie spalle. Liam alza la testa, i nostri occhi si incrociano e capisco che è l'ultima volta che vedrò quel bellissimo verde smeraldo. Si avvicina lentamente, cerca di prendermi la mano, poi mi appoggia la sua sulla guancia. Non so perché lascio che mi tocchi. Forse perché le sue carezze hanno sempre avuto il potere di calmarmi. Ma stavolta non funziona. Ho voglia di urlare.

«Ti ho delusa, come ho deluso lei. Ero arrabbiato con te, Luna. Ti ho odiata per anni, ero convinto che, mentre mia sorella veniva picchiata, tu fossi a fare sesso con quel tizio. Stavo quasi per entrare in quei maledetti spogliatoi, ma ero così confuso...»

Liam si colpisce più volte la testa con il pugno.

«Ero così convinto di non essere abbastanza per te che non ho lottato per noi. E non me lo perdonerò mai. L'unica volta... l'unico istante in cui ho dubitato di te, di noi, ha causato la tua più grande sofferenza.»

Il sangue mi si gela nelle vene. Dentro sto urlando a squarciagola. Dentro sono raggomitolata sul pavimento.

Posa anche la seconda mano sulla mia guancia.

«Di' qualcosa, per favore. Urla, piangi, colpiscimi, ma parla. Dobbiamo discuterne.»

Gli appoggio i palmi sul petto e lo spingo via con tutte le mie forze. Arretra di diversi passi. Sconvolto dal mio gesto, abbassa lo sguardo.

«Come mi hai lasciata parlare sette anni fa?»

«Mi dispiace» ripete.

«Avresti dovuto saperlo!» urlo. «Avresti dovuto sapere che non ti avrei mai tradito in quel modo. Non con un ragazzo spregevole come Daniel. Sapevi quanto lo odiavo. Sapevi che non avrei infranto la promessa fatta a Charlie. Hai detto che mi amavi, Liam. Che mi avresti protetta. Eri il mio migliore amico, la persona che mi conosceva meglio.»

Ha sempre gli occhi fissi a terra, non dice nulla.

«Se il tuo amore per me fosse stato profondo come mi dicevi, avresti capito che qualcosa non andava. Avresti lottato per me.»

E poi tutto si spegne. Il mio cervello, il mio respiro, le mie lacrime. Mi precipito verso Liam e lo riempio di pugni sul petto.

Lui non si difende, non mi allontana.

Il mio cuore non batte più. Ne sono sicura.

Per favore, fermati. Non ne posso più di questo dolore.

Dietro di me si sentono dei passi pesanti. Morgan arriva di corsa, allertato dalle mie urla. I suoi occhi si spalancano quando mi vede strattonare la maglietta del suo capo. Si avvicina per immobilizzarmi.

«Se le metti le mani addosso ti faccio a pezzi» avverte Liam.

Morgan non si muove, sembra confuso. Liam gli ordina di andarsene con un cenno del capo. Lui obbedisce, anche se con riluttanza. Poi le sue braccia mi stringono. E sento il suo profumo. Il suo odore che fino a poche settimane fa era così confortante. Ora mi fa venire la nausea. A fatica, lo spingo via. Liam arretra di nuovo.

Poi, in lacrime, riprova ad avvicinarsi. Mi allontano.

«Merito il tuo odio, Luna. Ma per favore non andartene. Dammi la possibilità di sistemare le cose.»

«Il tuo cuore avrebbe dovuto saperlo, Liam.»

«L'hai promesso, Lu. Riusciremo a superare questa prova. Siamo più forti di così. Ti prego. Non posso perderti.»

«Io... ho bisogno di stare da sola.»

Indietreggio finché non sbatto contro lo stipite della porta.

«Lu» mi implora lui. «Non farlo. Non ti lascerò andare senza combattere.»

«Sei in ritardo di sette anni.»

Come se avesse capito che è la fine, l'amore della mia vita crolla in ginocchio.

Liam Davis era la mia persona preferita.

Il mio lieto fine.

La mia casa.

Il mio pezzo mancante.

Ho abbassato la guardia per dargli accesso al mio cuore e me l'ha spezzato di nuovo.

Attraverso di corsa i lunghi corridoi. In soggiorno incontro gli sguardi preoccupati dei miei migliori amici. Mi precipito all'ascensore prima che abbiano il tempo di reagire e le porte che si chiudono attutiscono i loro richiami. Mi sembra di soffocare, mi lascio scivolare sul pavimento di granito, soltanto per un momento, e mi sento svenire. Mi gira la testa, voglio che questo dolore finisca. So che il mio cuore funziona ancora, lo sento pompare nelle orecchie, ma vorrei che si fermasse, perché non può più sopportare così tanto dolore.

Quando si aprono le porte, mi alzo a fatica. Larry, il portiere, mi guarda con le sopracciglia aggrottate. Cerca di avvicinarsi, ma alzo la mano per fargli segno di non muoversi. Le lacrime mi offuscano la vista, i miei piedi non sono più ancorati al suolo. Sul marciapiede, il vento gelido di ottobre mi schiaffeggia, e mi rendo conto che indosso solo una maglietta e dei calzini. Cammino a testa bassa, senza sapere dove sto andando, quando una mano mi si posa sulla spalla. Non ho nemmeno la forza di sussultare.

«Luna? Va tutto bene?»

Sono sorpresa di vedere Calvin. Mi squadra attentamente. Continuo a tremare.

«Vieni, ti porto a casa.»

Esito per un momento, memore delle parole di Liam. Ma Calvin è sempre stato carino con me, e stasera voglio allontanarmi dalla persona che mi ha appena spezzato il cuore, quindi annuisco. Mi prende in braccio per portarmi alla sua macchina. Gli metto un braccio attorno al collo e appoggio la testa nell'incavo della sua spalla. Mi sistema sul sedile e parte.

«Tieni, bevi questo per scaldarti. È tè.»

Soffocando un singhiozzo, stringo la tazza di Starbucks e bevo un sorso, poi appoggio la testa contro il finestrino e chiudo gli occhi per bloccare le lacrime.

Quando li riapro, il mio cervello è annebbiato. Non so da quanto tempo siamo in macchina. Mi raddrizzo sul sedile e mi stropiccio gli occhi gonfi per schiarirmi la vista appannata. Il mio cuore manca un battito quando mi accorgo che i grattacieli scintillanti sono scomparsi.

«Dove stiamo andando?»

Il mio amico non risponde.

«Calvin? Riportami a Manhattan, per favore.»

«Così puoi tornare da lui?»

Resto paralizzata. Qualcosa è cambiato. Non riesco a...

«Il tuo accento.»

Calvin distoglie lo sguardo dalla strada e si gira verso di me, con un sorriso sulle labbra.

«Calvin, dov'è finito il tuo accento americano?»

Devo scappare. Metto una mano sulla maniglia, ma proprio in quel momento una risata sinistra gli sfugge dalla gola.

«Non sai quanto è difficile imitare quel maledetto accento. Ammiro molto gli attori.»

Che cosa?

«Ascolta...» esordisco.

Ma la lingua mi diventa pesante. Sbatto le palpebre e sprofondo nell'oscurità.

Il mio corpo è come piombo, prosciugato delle sue forze. Mi sento trascinare. I miei calzini raschiano il pavimento. Sono esausta.

Vengo spinta come una bambola di pezza e atterro su un materasso freddo e umido. A pancia in giù, attraverso gli occhi annebbiati, guardo un'ombra allontanarsi.

Perché non riesco a muovermi? Perché ho così freddo? Vorrei scappare, ma non posso. Solo il battito frenetico del mio cuore mi ricorda che sono ancora viva. Mi sforzo di tenere gli occhi aperti. Se li chiudo, ho paura che non potrò più riaprirli. Penso a mio padre, ai miei amici, a Liam. Apro la bocca per urlare. Non viene fuori nulla. In lontananza sento delle voci smorzate.

Un litigio, credo.

Poi dei passi si avvicinano. Più vicino.

Una figura bionda si china su di me e il mio cuore smette di battere.

Sbatto le palpebre più volte, lasciando sfuggire qualche lacrima.

Si possono avere le allucinazioni a causa di un cuore frantumato in un miliardo di pezzi?

«Charlie?» riesco a sussurrare.

«Ciao, Luna.»

A seguire

MY MISSING PIECE

Fino alla luna
Andata e ritorno
Per l'eternità

L'inizio della tormentata storia d'amore di Luna e Liam
Volume 1 – Quello che mi manca

della stessa autrice

ACACIA BLACK

UNA PROMESSA NON MANTENUTA ...
Luna e Liam si incontrano a Carolina Beach ancora bambini. Da subito sono inseparabili, amici per sempre. Nel corso degli anni condividono la passione per la musica, le gioie e i primi dolori. Vivono l'uno per l'altra e niente pare poterli separare. Fino a quando Luna compie sedici anni e viene meno alle promesse fatte. Le strade dei due ragazzi sembrano dividersi per sempre. Liam non riesce in alcun modo ad accettare che, nel momento della sua grande sofferenza, la persona che più amava al mondo non sia stata al suo fianco, si sente tradito e abbandonato.

... UNA TERRIBILE VENDETTA
Sette anni più tardi, i due però si ritrovano inaspettatamente in una nuova città, New York. Liam non è più l'amico sensibile che Luna conosceva. Distante, cupo, deciso a farle pagare fino in fondo il tradimento che ha distrutto la sua famiglia. Ma quello che entrambi non sanno è che finora sono sempre rimasti all'oscuro della vera causa che ha portato alla loro separazione...

CAIRO

ACACIA BLACK
MY MISSING PIECE
Quello che mi manca
CAIRO

Questo libro è stampato fabbricato da Grafica Veneta S.p.A.
con un processo di stampa e rilegatura certificato 100% carbon neutral
in accordo con PAS 2060 BSI

Finito di stampare nel mese di luglio 2024
per conto di RCS MediaGroup S.p.A.,
da Grafica Veneta S.p.A., via Malcanton 2, Trebaseleghe (Padova)

Printed in Italy